古典文學研究輯刊

十三編

曾永義主編

第12冊

集曲研究——以萬曆至康熙曲譜的集曲爲論述範疇（下）

黃思超著

國家圖書館出版品預行編目資料

集曲研究——以萬曆至康熙曲譜的集曲為論述範疇（下）／
黃思超 著 -- 初版 -- 新北市：花木蘭文化出版社，2016
〔民 105〕
目 4+172 面；19×26 公分
（古典文學研究輯刊 十三編；第 12 冊）
ISBN 978-986-404-588-4（精裝）
1. 曲譜 2. 曲評 3. 明清戲曲
820.8 105002166

古典文學研究輯刊
十三編 第十二冊 ISBN：978-986-404-588-4

集曲研究——以萬曆至康熙曲譜的集曲爲論述範疇（下）

作　　者 黃思超
主　　編 曾永義
總 編 輯 杜潔祥
副總編輯 楊嘉樂
編　　輯 許郁翎
出　　版 花木蘭文化出版社
社　　長 高小娟
聯絡地址 235 新北市中和區中安街七二號十三樓
電話：02-2923-1455／傳眞：02-2923-1452
網　　址 http://www.huamulan.tw 信箱 hml 810518@gmail.com
印　　刷 普羅文化出版廣告事業
初　　版 2016 年 3 月
全書字數 335386 字
定　　價 十三編 20 冊（精裝）新台幣 38,000 元

集曲研究——

以萬曆至康熙曲譜的集曲爲論述範疇（下）

黃思超　著

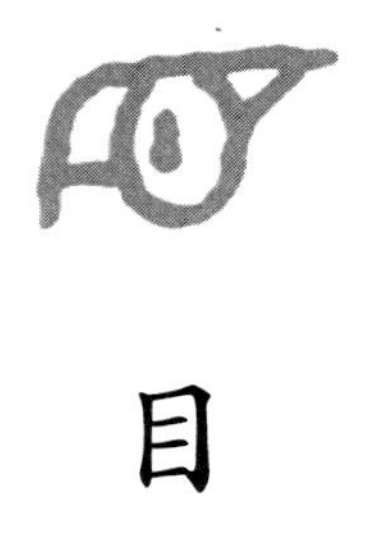

目次

上冊

附錄一　宋元南戲殘本所見集曲

劇目	集曲名	宮調	曲文及所集曲牌 （未注所集曲牌者為原書未標）	前後曲牌聯用
子母冤家	太平賺犯	般涉近詞	堪賞勘描，間竹桃花映小橋。翩翩粉蝶雙飛繞，見游蜂往來鬧	四園春、泣顏回、前腔換頭、千秋歲、紅繡鞋、太平賺犯、前腔、尙如縷煞
子母冤家	太平賺犯	般涉近詞	翠圍珠繞，寶馬香車特羅皀。王孫仕女同歡笑，攜歌妓飲瓊瑤	四園春、泣顏回、前腔換頭、千秋歲、紅繡鞋、太平賺犯、前腔、尙如縷煞
王子高	間花袍	仙呂過曲	【間花袍全】漸覺紅稀綠密，正是日長人困，夏景涼時，可愛熏風破炎威，鴛鴦兩兩波心戲，輕搖紈扇，夜涼似水。風搖蒲劍，魚兒戲水。正宜浮瓜並沉理。【錦添花末】采蓮歌和得正美，槐陰柳畔蟬噪起。【合】嘆取人生光陰能幾？莫把青春虛受，負良辰美時	鵝鴨滿渡船、錦添花、間花袍、一盆花、惜黃花、情未斷煞
王子高	一盆花	仙呂過曲	【一盆花全】過卻炎炎天氣，正牛星女宿，會約佳期。金風吹敗井梧飛，蛩吟階砌，叫得聲悲。果然是奇，果然是美，驀忽地風傳木樨，異香撲鼻。【錦添花末】看天邊征南雁兒，芙蓉花綻開正美。【合】嘆取人生光陰能幾？莫把青春虛受，負良辰美時	鵝鴨滿渡船、錦添花、間花袍、一盆花、惜黃花、情未斷煞
王子高	惜黃花	仙呂過曲	【惜黃花全】三冬景又催，漸覺梅開蕊。同雲密布時，六花飄墜，頃刻銀裝粉綴。見古木壓斷枝，百鳥歸路迷。酒價高無比。晚來看漁人披得玉簑歸去。【錦添花末】雪獅兒塑得正美，紅爐暖閣排宴逸。【合】嘆取人生光陰能幾？莫把青春虛受，負良辰美時	鵝鴨滿渡船、錦添花、間花袍、一盆花、惜黃花、情未斷煞

王祥臥冰	魚燈花	中呂過曲	【漁家傲】兒夫的守柰園兒，寂寞痛苦傷悲。奴終夜獨守孤幃，眞個慘淒。【剔銀燈】孝情不敢違娘意，死無怨一件件依隨。聽得，樵樓三鼓正催。【石榴花】把一盞半明不滅燈剔起，緝麻盡時各自睡	上林春、魚燈花、駐馬聽、駐雲飛
王祥臥冰	五團花	高平近詞	【海榴花】追逐恩主，幸然到此相際會。【梧桐花】不想遇著強賊至，把大官人背剪入山去。【望梅花】明日賽願，將他殺取。【一盆花】李德跟隨替死，爭奈身不由己。【水紅花】我的東人，東人在那裡	五團花、撲燈蛾過、臨江仙
王祥臥冰	小桃紅	正宮過曲	我非學盪漾心，也不學兒童性。爲生身母死無踪影，因此摩神描影畫圖形，挂在壁間表寸心。想因此畫娘身，到做了伯魚泣杖越添得王祥悶。	太師引、瑣窗寒、小桃紅、前腔
王祥臥冰	小桃紅	正宮過曲	嘆母忘身二十春，埋在墳。不燒香，不化紙，連累我娘吃打好傷心。娘打孩兒忍著痛，凌辱娘親痛怎禁？你就打沙王祥終無怨恨心。	太師引、瑣窗寒、小桃紅、前腔
王祥臥冰	風入松犯	仙呂入雙調過曲	後園中將毒酒害我王祥，若不是小叔叔爭飲才罷。蒼山上賊生發，推車子賊人拿下，若不是小叔叔替死，賊因孝願放他還家。你道他使計，我道他無此話，敢雙點指保著他。你道王祥詐，王覽的妻賢達，夫溫雅，那裡有一般樹開著兩般花	五更轉、玉交枝、香柳娘、五更轉、風入松犯
王魁負桂英	二犯獅子序	南呂過曲	【宜春令】夫妻事，宿世緣，盡今生相會在眼前。【獅子序】乍相見綺羅間，四目頻偷頻眄，兩意多留多戀，便圖諧老百年。【柰子花】願得，如月似鏡長圓。	三台令、前腔、二犯獅子序
呂洞賓三醉岳陽樓	四換頭其一	仙呂過曲	【一封書前】宿醒常困懶，麗日穿窗烘曉寒。韶華媚滿眼，喚人游鶯睍睆。這領春衫棄去典，挈榼提壺時往還。命良朋，向花間，細與論文頻宴款。【排歌】蘭亭上，臨水湍，一觴一咏當弦管	四換頭、其二、其三、其四
呂洞賓三醉岳陽樓	四換頭其二	仙呂過曲	【皀羅袍全】日醉高陽池館，倒著接離得趣，羡他山簡。曲生風味果不凡，憶昔舊日玄眞觀。那堪即席，珍希異饌。何妨終日，傳杯弄盞。須索滿斟休傳換。【排歌】獨醒客，難再返，贏得憔悴楚擇畔	四換頭、其二、其三、其四
呂洞賓三醉岳陽樓	四換頭其三	仙呂過曲	【勝葫蘆全】惟有淵明好懶散，因此上要休官。喜得白衣人相顧盼，東籬采菊，獨酌幽然見南山。【排歌】愁腸破，海量寬，陶陶兀兀似痴顚	四換頭、其二、其三、其四

呂洞賓三醉岳陽樓	四換頭其四	仙呂過曲	【樂安神全】盡誇黨進，間列銷金帳裡，粉面雲鬟。羊羔同飲且團圞，陶谷見說羞無限。踏雪沽來每，價高倍長安，浪說茶七碗。【排歌】須盡醉，宜盡歡，狂歌起舞任盤桓	四換頭、其二、其三、其四
吳舜英	二紅郎上小樓	正宮過曲	【南福馬郎】花壓欄杆春晝遲，喚起嬌娥睡，鶯啼亂。【南水紅花】無言默默鬥芳菲，減香肌。【南紅衫兒】又早是綠暗紅稀，聽聲聲子規。路傍芳草萋萋，把王孫路迷。【北上小樓】路迷在花叢徑裡，又沒個相睭相濟。俺只見來往游蜂，貪花蝴蝶，上下爭飛。恁成雙，俺孤單，心中憔悴，不覺雨過時園林香細。	僅一曲
李婉復落娼	二犯集賢賓	商調過曲	【集賢賓】朱顏去了不再還，怕雪鬢霜鬟。這個門庭難自揀，陷此身重為花旦。【二郎神】知道如今遭患難，悔當初行程太晚。漫凝盼，空自對月臨風，短吁長嘆。	鶯啼序、二犯集賢賓
孟月梅寫恨錦香亭	三十腔	南呂過曲		三十腔、尾聲
孟月梅寫恨錦香亭	孝南枝	雙調過曲	【孝順歌】同心帶，連理枝，桃花浪暖魚戲水。月樣好孩兒，天生俊花枝。溫柔旖旎，幾等偎隨，一團和氣。【鎖南枝】恨不結髮齊眉，合口同出氣。言可依，貌可喜，事和諧，謝天地	僅一曲
孟月梅寫恨錦香亭	孝南枝	雙調過曲	【孝順歌】陽台夢，楚岫雲，燈燃絳蠟月滿輪。香靄洞房新，花發武陵春。良宵可人，同坐同行，日親日近。【鎖南枝】你有萬種風流，我有十分俊。心上人，掌上珍，親上親，煞和順。	僅一曲
孟姜女送寒衣	瑣窗樂	南呂過曲	【大聖樂】娘行老景相尋，白髮已兩鬢侵。【瑣窗寒】寒門冷落，舉目無親。一心指望孩兒聰俊，讀書人早得成名。奈何時運未通亨，且自樂守清貧	僅一曲
林招得	羅江怨	南呂過曲	【香羅帶】懨懨病漸濃，誰來和哄。春思夏感秋又冬，滿懷心事，訴與天公也。【一江風】天有何私，不把我恩情送，恩多也是空，情多也是空，都做了南柯夢。	羅江怨、犯歡
林招得	犯歡	仙呂入雙調過曲	【歸朝歡】喜春來，怕春歸，閑愁萬種。【風入松】將心事付殘紅。【歸朝歡】為多情，盼多才，雲山萬重。【風入松】春衫上搵啼紅。	羅江怨、犯歡
金鼠銀貓李寶	燈月交輝	黃鐘過曲	【玩仙燈】昨宵夢覺，聽門外珍珠洒，漸覺無聲墜萬家。且開懷同歡宴樂。【月上海棠】曉來時推起窗紗，觀賞處同斟玉斝。休歸去，那雪兒滿空正下	賞宮花序、前腔換頭、燈月交輝、喜梧桐、尾

柳耆卿詩酒玩江樓	馬蹄花	中呂過曲	【駐馬聽】深感皇恩，纏綬銀章爲令尹。叮嚀公吏，第一休教，賄賂狥情。當官三善要廉能，於公仁政須爲本。【石榴花】省刑罰，薄稅歛，安百姓，家無事國無征	小蓬萊、引子、馬蹄花
柳耆卿詩酒玩江樓	南枝歌	雙調過曲	【鎖南枝】若提起，這柳七，誰不識此公是佶倬客？醲旦調侃，是他爲第一。【孝順歌】既樽前席上，見伊標格，【鎖南枝】和你有也不見得，沒也不見得	南枝歌、五馬渡江南
柳耆卿詩酒玩江樓	五馬渡江南	仙呂入雙調過曲	【五馬江兒水】聽取張閑一語，何須自慘慽。但非的難是，是的難非，水清終見底。但經目之事，未知虛實。【鎖南枝】假也不見得，眞也不見得	南枝歌、五馬渡江南
風流王煥賀憐憐	燈月交輝	黃鐘過曲	春日景和，見觸處萬花開也難捉摸。紅遍郊峒鬥綺羅，對良辰爭似我。粉牆外促起千秋，同宴賞花間則個。【合】虧心底，料青天不是布幕	薔薇花、燈月交輝
風流王煥賀憐憐	漁燈花	中呂過曲	【漁家傲】閃得我銅斗家私沒片瓦，雖然是水盡鵝飛，不當告我。悔過，你自別打垛，伊休信別人搬唆。【剔銀燈】虔婆，你好趁科。【石榴花】金銀被你相折挫，恨不得把伊來碎剮	魚燈花、前腔
風流王煥賀憐憐	漁燈花	中呂過曲	【漁家傲】三十哥息怒停嗔且放下，有的事好好商量，持刀做甚麼。焦撇把女憐憐嫁，三千貫邁與高邈。【剔銀燈】行家，翻作戾家。【石榴花】落人窠，中人計，吃人誤，我女終朝望你在羅帳坐	魚燈花、前腔
唐伯亨因禍致福	四朝元	仙呂入雙調過曲	一時錯過，今日懊悔遲。那冤家不想，念人憔悴，帶圍寬數指。看他們兩個，如魚般似水，肯一步暫時分袂。氣我孤幃，冷清清底，明道非爲活計，自古得鴛鴦，本無三隻。兩結圓珠，久難完聚。無端皓月穿窗，照人無寐	僅一曲
崔君瑞江天暮雪	金梧歌	商調過曲	【梧葉兒】傷秋暮，赴瓜期，一似張翰憶蓴鱸。【六么歌】羈情盼，利名拘。【淘金令】舉頭縹緲，白雲無數，轉眼阻隔家香何所	金梧歌、情未斷煞
崔護覓水記	惜英台	越調過曲	【祝英台】念書生離故里，此去赴春闈。【惜奴嬌】風光一路，可人遍游賞芳菲。眞奇，訪柳尋花多佳致。閑消遣途中情味，飲三杯，爲這春酲未醒，所以叩門求水	養花天、惜英台、前腔第二換頭、前腔第三換頭、海棠賺、前腔換頭、月上海棠、沉醉海棠、川豆葉

崔護覓水記	惜英台第二換頭	越調過曲	【祝英台換頭第二】聽啓，念奴家年幼裡，獨守在香閨。【惜奴嬌】今日老父，偶然往荒郊遊戲。無緒，自共丫鬟拈針指。驀聽得彈擊門兒，步輕移。瞥遇多才，卻道是覓水遠臨貴。	養花天、惜英台、前腔第二換頭、前腔第三換頭、海棠賺、前腔換頭、月上海棠、沉醉海棠、川豆葉
崔護覓水記	惜英台第三換頭	越調過曲	【祝英台換頭第三】須知，奔取行程經過，酒渴故來此。【惜奴嬌】不擬娘行見迓，荷蒙親啓朱扉。心喜，悄以仙姿臨凡世，亦何幸得瞻殊麗。莫嫌疑，急欲覓水解渴，早早便爲行計	養花天、惜英台、前腔第二換頭、前腔第三換頭、海棠賺、前腔換頭、月上海棠、沉醉海棠、川豆葉
崔護覓水記	沉醉海棠	仙呂入雙調過曲	【沉醉東風】謝得我娘行賜水，心兒裡萬千歡喜。【月上海棠】相如病想已都除，不成禮望君休罪。眞個美，便做玉液瓊漿，也只如是	養花天、惜英台、前腔第二換頭、前腔第三換頭、海棠賺、前腔換頭、月上海棠、沉醉海棠、川豆葉
崔護覓水記	川豆葉	仙呂入雙調過曲	果然是，春酲頃刻都退。荷親勸凉漿，多少恩意。君子之交，合當恁的。凉水大都一杯，算將來何足挂尺，是則物輕人意美	養花天、惜英台、前腔第二換頭、前腔第三換頭、海棠賺、前腔換頭、月上海棠、沉醉海棠、川豆葉
張浩	番馬舞秋風	中呂過曲	【駐馬聽】年少佳人，笑吟吟可喜，龎兒獨占春　。我見他眉彎新月，臉襯紅霞，髻挽烏雲，一似廣寒仙子謫紅塵，下香階款步金蓮穩。【一江風】便有嬌姿圖畫眞，都不似他丰韻	僅一曲
許盼盼燕子樓	漁家燈	中呂過曲	【漁家傲】奈何未得著邊際，中途裡簪折瓶沉，緣慳分虧。【剔銀燈】坐裡行裡沒情緒，見時難別時卻容易。只得辦堅心守己，神前願如何敢負虧。	漁家燈、宮娥泣、前腔換頭
陶學士	解酲歌	仙呂過曲	【解三酲】把黃粱懶炊香飯，放教他恣游邯鄲。假饒位至三公顯，怎得似野人閑。朝恩暮怨人情一似掌樣翻，試聽狂士接輿歌未闌。【排歌】連雲棧，亂石灘，烟波名利大家難。桑榆晚，休更揀，林泉名只在山間	八聲甘州、解酲歌
陳巡檢梅嶺失妻	六幺兒	仙呂入雙調過曲	【六幺令】瓜期信通，爲著功名，奔走西東。只說出路自覺心慵，身不由己，意沖沖。【梧葉兒】到得南雄，看取花殘會再紅	六幺兒、胡女怨
陳巡檢梅嶺失妻	錦庭芳	正宮過曲	【錦纏道】向名園，對韶華風光儼然，花柳競爭妍。折一枝嬌滴滴海棠新鮮，可人處花如奴少年。【滿庭芳】咱這裡爲情人戀芳塵，虛度了紅顏。早早從人心願，願得蒼天方便，早教咱成就了好因緣	錦庭芳、山漁燈換頭

董秀才遇仙記	薄媚衮羅袍	正宮近詞	【衮衮令】逢知己，眞樂果無涯。不飲空歸，桃花笑你。寧可過三冬，眠時沒被。但長留一瓮在頭邊，覺來又一醉。【薄媚衮】忘形爾汝，痛飲我師，曲生風味。【皀羅袍】佳名稱到于今美。	玉濠寨、薄媚衮羅袍、梁州令近、前腔換頭、雁過錦、攤破錦纏雁
董秀才遇仙記	雁過錦	正宮近詞	【雁過聲】清明時霎乍遇雨，見杏花零落，新水池平。【錦纏道】紅沁翠痕齊，似阿房宮裡親辰裝，洗出凝脂流膩。蝶多愁鶯老慵啼。【雁過聲】看樓台側畔楊花過，帘幕個中雙燕飛	玉濠寨、薄媚衮羅袍、梁州令近、前腔換頭、雁過錦、攤破錦纏雁
董秀才遇仙記	攤破錦纏雁	正宮近詞	【攤破第一】良辰美景，賞心樂事，四美幸然俱備。誰肯等閑成虛廢。【錦纏道】盡教他把芳顏頓啓，又何妨即景題詩，流觴傍曲水。【雁過聲】待學他修禊蘭亭會，還憶右軍今已矣。	玉濠寨、薄媚衮羅袍、梁州令近、前腔換頭、雁過錦、攤破錦纏雁
董秀英花月東牆記	花犯撲燈蛾	中呂過曲	【撲燈蛾】奇絕，春風隘綺羅。麗日噴蘭麝，紫陌飄香屑，人在海島銀闕。逢時遇景，但把樽席羅列。對花對月，管取年年做話說。【花犯】這悶懷痛哽咽，意慘切怎和悅，思量妾成乖劣。【撲燈蛾】羅帶共誰同結，逢時遇景，但把樽席羅列。對花對月，管取年年做話說。	僅一曲
賈似道木棉庵記	香五娘	南呂過曲	【香遍滿】數當憂患，泰極否來逢此難。【五更轉】卻憶年時，風光無限。羊羔酒，錦帳底，低低唉。繁華往事成何干。恁樣淒涼，何曾經慣。【香柳娘】望前途轉艱，望前途轉艱，漸看酸風正寒，寥天將挽。	僅一曲
趙普進梅諫	三花兒	中呂過曲	【石榴花】不知爲何事夤夜猛聲張，可憐是漢文章，將那斷腸篇寫作招伏狀。【杏壇三操】此情怎當。【大和佛】眼睜睜，夫與婦攜手上河梁	三花兒、撲燈蛾
劉孝女金釵記	五團花	高平近詞	【賞宮花】心中慘淒，不由人布珠淚垂。【蠟梅花】尋思始我無依倚，【一盆花】我便孤身匹配。父親和妹妹，【石榴花】幾時得見你，除非是再生重會日，【芙蓉花】此事非容易	僅一曲
劉盼盼	憶花兒	越調過曲	【憶多嬌】珠淚滴，雨淚滴，爹娘打罵是怎的。自恨我生前作何罪。【梨花兒】致使今朝遭遇伊。嗏，勤勞一旦成虛費	憶花兒、蠻牌嵌寶蟾
劉盼盼	蠻牌嵌寶蟾	越調過曲	【蠻牌令】車馬逞疏狂，無個有情郎。家緣雖足備，不幸落平康。送舊雨迎新怎當，空教奴消減容光。【鬥寶蟾】在這星前月下，深深拜告，早早還鄉。	憶花兒、蠻牌嵌寶蟾

劉盼盼	金風曲	仙呂入雙調過曲	【四塊金】花衢柳巷，恨他去胡殢惹。秦樓謝館，怪他去閑游冶。【一江風】獨立在帘兒下，教我眼巴巴。只見風透窗紗，月上荼蘼架。朝朝等待著他，日日盼望著他，望不見如何價。	僅一曲
蝴蝶夢	破鶯陣	正宮引子	【喜遷鶯】塵鏡羞鸞，寶釵分鳳，困花愁柳。拍塞悶懷，先自是多憂多病，那更遭著深秋。【破陣子】寒雁來時書難就，縱書就教他何處投。【喜遷鶯】凝眸處，對斜陽衰草，離恨悠悠	破鶯陣、梁州錦序、普天樂
蝴蝶夢	破鶯陣	南呂過曲	【梁州序】將無作有，心不如口，閃得我有國難投。從來剔透，不似這場落後。【刷子序】堪笑我似癡貓空守，他卻戀楚館秦樓，自窨約，【錦纏道】這的是惺惺上，下場頭落的機彀。	破鶯陣、梁州錦序、普天樂
鄭孔目風雪酷寒亭	集鶯花	商調過曲	【集賢賓】官差遠遠家風寧，便且赴南京。【黃鶯兒】暗思家裡兒孤另，愁懷悶增，旅況倍增，只得耐心勉強登途徑。【賞宮花】路上有花並有酒，一程分作兩程行	集鶯花、前腔
鄭孔目風雪酷寒亭	集鶯花	商調過曲	【集賢賓】閑花野草列畫屏，映潑黛山青。【黃鶯兒】負薪樵父回山徑，愁懷轉增，旅情倍增，子規聲裡添歸興。【賞宮花】路上有花並有酒，一程分作兩程行	集鶯花、前腔
鄭孔目風雪酷寒亭	花堤馬	中呂過曲	【石榴花】看他一似嬌滴滴海棠花，眉如柳鬢堆鴉，【駐馬聽】身如白雪美無瑕。只愁中路和伊罷，孔目歸家，眉兒淡了不歡畫	僅一曲
磨勒盜紅綃	燈月交輝	黃鐘過曲	【玩仙燈】彤芝蓋底，見天顏絳綃樓上排會。繚繞祥雲滿帝都，慶時豐，祝萬歲。【月上海棠】奏管絃鼓樂聲齊，良夜擁三千珠履，玉漏遲，想蓬萊也只恁地	燈月交輝、神仗兒
錦機亭	霜蕉葉	越調引子	【霜天曉角】花箋寫了，不見紅媒到。【金蕉葉】獨立○花陰信杳，望陽台那堪路遙	僅一曲
薛云卿鬼作媒	山虎蠻牌	越調過曲	【下山虎】羞人無語，背著燈兒，緩把羅裙脫，待郎卸衣。此情天知地知，燈知你知我知。語顫聲嬌驚又喜，羅帕染胭脂，悄似奇花綻嫩蕊。【蠻牌令】蝶戀花，魚戲水，被翻紅浪，汗沾素體	繡停針、前腔、紅衫兒換頭、山虎蠻牌
賽東牆	犯歡	仙呂入雙調過曲	【歸朝歡】共設盟誓，論雲雨，片時。【風入松】廝尤殢放嬌癡。【歸朝歡】更輕憐惜，同偎倚，共伊。【風入松】恩情重語聲低	風入松、犯歡

賽金蓮	錦庭芳	正宮過曲	【錦纏道】正情濃，間別來如參共商。剎地過時光，近燒登，不覺又見尋芳。傍春來觸物感傷，蝶翩翩燕呢喃骨自成雙。【滿庭芳】惟俺添悽慘，逢花酒無心玩賞，只爲有情郎	僅一曲
韓玉箏	繡太平	南呂過曲	【繡帶兒】東風扇花紅柳綠，流鶯對語如簧。游蜂粉蝶雙飛，觸目對景悽惶。【醉太平】堪傷，聲聲杜宇怨春忙，轉教我悶懷誰向。自從分散，在花前共誰淺斟低唱	僅一曲
韓彩雲	駐馬擊梧桐	南呂近詞	【擊梧桐】衷腸有萬千，不敢分明道。欲訴情懷，只恐傍人笑。斯愁緒自知，此恨惟天表。【上馬踢】辜負少年心，不覺青春老。【駐雲飛】暗魂消，閑把琵琶，撥盡相思調。【擊梧桐】須知道曲底知音少	僅一曲
韓壽竊香記	漁燈雁	中呂過曲	【漁家傲】驀忽把往事思量，教人意慘情傷。嘗記得竊玉偷香，番成禍殃。【剔銀燈】幸喜今日青霄上，我怎肯別配紅妝。是你薄情，不肯守孀。【雁過聲】負盟辜誓言相誑，今又在彩樓上擇婿郎	僅一曲
羅惜惜	四犯江兒水	仙呂入雙調過曲	【五馬江兒水】昨夜麒麟協夢，今朝岳降嵩。喜事一天來大，郁郁蔥蔥，滿堂和氣融。【朝元歌】寶瓶花豔冶，寶爐香旖旎。【本宮水紅花】燭影搖紅，似閬苑和梵宮，【淘金令】移來在塵世中，此景難。同【商調水紅花】座上客常撈滿，日日醉春風，樽中酒不空，也羅	水紅花、櫻桃花、四犯江兒水、柳梢青、淮妙體
寶妝亭	沙雁揀南枝	越調近詞	【雁過沙】想當初共佳期，似鸞交效于飛。當初對酒同宴逸，觀花玩月成歡會，樂極果然生悲憶。【鎖南枝】愁似織，還自釋，淚揩乾，又偷滴	僅一曲
蘇小卿月夜泛茶船	犯聲	仙呂入雙調過曲	【雙聲子】玉指撥銀甲款兜，【風入松】輕清處韻悠悠。【雙聲子】跨鸞鳳吹蕭弄玉，【風入松】一曲敢破梁州	雁過聲、前腔第四換頭、婆羅門賺、犯聲
蘇小卿月夜泛茶船	花犯撲燈蛾	中呂過曲	【撲燈蛾】秦箏清韻奇，脆管和得美。聽得賣花人，聲聲叫過牆外。傷春悶緒，好音不入愁耳。寬懷自處，嘆取人生七十稀。【花犯】幸遇得媚景時，最可惜心下憶。開筵席領瑤巵，【撲燈蛾】誰肯放交岑寂。前遮後擁，間列金釵珠翠。來朝共約，緩步西園拼醉歸	僅一曲
鶯燕爭春詐妮子調風月	臨江梅	南呂引子	【一剪梅】歡喜冤家望久長，已得成雙，怎忍分張。【臨江仙】別時容易見時難，淚拋雙眼畔，愁蹴兩眉傍	臨江梅、金落索、香歸羅袖、醉羅袍

鶯燕爭春詐妮子調風月	金落索	商調過曲	【金梧桐】春來麗日長，漸覺和風蕩，猶記臨行，爛漫桃花放，倏忽柳絮飛。【東甌令】過了炎光，金井梧飄級漸涼，相將半載分離去。【針線箱】卻怎生音信全無紙半張。【解三酲】傷情處。【懶畫眉】嘹嘹壓壓雁兒過西廂。【寄生子】聽一聲叫得淒涼，愁鎖在我這眉尖上	臨江梅、金落索、香歸羅袖、醉羅袍
鶯燕爭春詐妮子調風月	香歸羅袖	仙呂過曲	【桂枝香】金爐香冷，銀釭燈爐，離人怕到黃昏。又早黃昏光景。怨孤眠鳳幃，愁欽鴛枕。【皀羅袍】我欲圖一覺，捱他寒更，陽台爭奈夢難成。【袖天香】今有相思令，心歸門裡，放秋上心，問道思量甚，我便只思量著那個人	臨江梅、金落索、香歸羅袖、醉羅袍
鶯燕爭春詐妮子調風月	醉羅袍	仙呂過曲	【醉扶歸】畫閣畫閣上燈挑盡，翠被翠被半擁夢難成。暗想當年成眷姻，玉貌多風韻。【皀羅袍】塵蒙鸞鏡，也只爲恁，寒生鴛枕，也只爲君恁，離愁萬種千般恨	臨江梅、金落索、香歸羅袖、醉羅袍
失名戲文	三字令過十二橋	正宮過曲	【三字令】心僝僽，情掣肘，身迤逗，衷腸怎分剖。深蒙貴人救，想當時，奴家共私走。路途中，停心漫感舊。到如今，姻緣已輻輳。把恩仇，一一總說透。【十二嬌】開綺羅，進觥籌，叫歌喉，金釵對紅袖	僅一曲
失名戲文	惜英台	越調過曲	【祝英台換頭二】豪家，向紅爐，堆獸炭，活火試春芽。瓊盞泛羔，沉醉何妨，自倒玉山方罷。【惜奴嬌】金鴨，一縷祥烟繞蘭麝。絳河低，銀燭暗，鼓三撾，尙自徘徊樽俎，婉戀琵琶	惜英台、絮英台
失名戲文	絮英台	越調過曲	【祝英台換頭三】紛華，又早十五年光，骨肉渺天涯。須念救撈，結義恩深，遇景鎮常歡話。【絮蛤蝦】爹爹，其間一念差。逼奴再改嫁，恨如麻。因此微生不惜，願尾泥沙	惜英台、絮英台

附錄二　《南詞定律》例曲改前譜散曲爲劇曲者

1. 【七犯玲瓏】,《新譜》、《正始》皆以散曲爲例曲,《定律》則將該曲改列變格,並列《明珠記》爲正格。
2. 【九迴腸】,《新譜》、《正始》皆以張伯起小令爲例曲,《定律》則改爲《牡丹亭》。
3. 【九疑山】,《新譜》、《正始》皆以梁辰漁散曲爲例曲,《定律》則改爲《雙玉人》。
4. 【二犯江兒水】,《新譜》、《正始》皆以散曲爲正格例曲,《正始》多列《金印記》一格,《定律》所收三格改爲《紅拂記》與《一捧雪》。
5. 【朱奴插芙蓉】,《新譜》、《正始》皆以散曲爲正曲,《定律》所收二格改爲《虎浮記》與《翠屛山》。
6. 【巫山十二峰】,《新譜》、《正始》皆以梁辰漁散曲爲例曲,《定律》所收二格改爲《雙錘記》與《西樓記》。
7. 【刷子帶芙蓉】,《新譜》、《正始》皆以梁辰漁散曲爲例曲,《定律》所收二格改爲《長生殿》與《麒麟閣》。
8. 【浣溪劉月蓮】,《新譜》、《正始》皆以沈伯英散曲爲例曲,《定律》則改爲《綠牡丹》。
9. 【掉角望鄉】,《新譜》、《正始》皆以散曲爲例曲,《定律》則改爲《太平錢》。
10. 【番馬舞秋風】,《新譜》、《正始》皆以張浩散曲爲例曲,《定律》則改爲《燕子箋》。

11. 【黃鶯帶一封】,《新譜》、《正始》皆以散曲爲例曲,《定律》則改爲《療妒羹》。
12. 【黃鶯學畫眉】,《新譜》、《正始》皆以散曲爲正格,《定律》則改正格爲《邯鄲夢》。
13. 【解酲帶甘州】,《新譜》、《正始》皆以陳大聲散曲爲例曲,《定律》則改爲《連城璧》與《鸕鸘裘》。
14. 【醉花雲】,《新譜》、《正始》皆以曹含齋散曲爲例曲,《定律》則改爲《水滸記》。
15. 【醉歸花月渡】,《新譜》、《正始》皆以沈伯英散曲爲例曲,《定律》則改爲《一諾媒》。
16. 【鶯花皀】,《新譜》、《正始》皆以張伯起散曲爲例曲,《定律》則改爲《海潮音》。
17. 【三犯月兒高】,《新譜》、《正始》皆以散曲爲例曲,《定律》則改爲《紅蕖記》。
18. 【六奏清音】,《新譜》、《正始》皆以散曲爲例曲,《定律》則改爲《金雀記》。
19. 商調【十二紅】,《正始》以散曲爲例曲,《定律》則改爲《萬里圓》。
20. 【十樣錦】,《正始》以散曲爲例曲,《定律》則改爲《永團圓》。
21. 【一封羅】,《新譜》以散曲爲正格,《定律》則改爲《水滸記》。
22. 【五玉枝】,《新譜》以散曲爲例曲,《定律》則改爲《雙熊夢》。
23. 【六么姐兒】,《新譜》以散曲爲例曲,《定律》則改爲《水滸記》。
24. 【玉枝帶六么】,《新譜》以散曲爲正格,《定律》則改爲《雙碞緣》。
25. 【玉桂枝】,《新譜》以散曲爲例曲,《定律》則改爲《牡丹亭》。
26. 【甘州解酲】,《新譜》以散曲爲例曲,《定律》則改爲《綠牡丹》。
27. 【好事近】,《新譜》以散曲爲例曲,《定律》則改爲《牡丹亭》。
28. 【朱奴剔銀燈】,《新譜》以散曲爲例曲,《定律》則改爲《一捧雪》。
29. 【皀羅罩金衣】,《新譜》以散曲爲正格,《定律》則改爲《綠牡丹》。
30. 【姐姐帶六么】,《新譜》以張次璧散曲爲例曲,《定律》則改爲《紅梨記》。
31. 【姐姐撥棹】,《新譜》以馮夢龍散曲爲例曲,《定律》則改爲《雙熊夢》。

32. 【姐姐插海棠】，《新譜》以散曲爲例曲，《定律》則改爲《祥麟現》。
33. 【宜春樂】，《新譜》以沈伯英散曲爲例曲，《定律》則改爲《憐香伴》。
34. 【東風吹江水】，《新譜》以散曲爲例曲，《定律》則改爲《翻浣紗》。
35. 【東甌蓮】，《新譜》以沈伯英散曲爲例曲，《定律》則改爲《偷甲記》。
36. 【桂子著羅袍】，《新譜》以散曲爲例曲，《定律》則改爲《蕉帕記》。
37. 【桂花徧南枝】，《新譜》以散曲爲正格，《定律》則改爲《鑿井記》。
38. 【普天芙蓉】，《新譜》以散曲爲正格，《定律》則改爲《一文錢》。
39. 【畫眉上海棠】，《新譜》以散曲爲例曲，《定律》則改爲《長命縷》。
40. 【集賢聽黃鶯】，《新譜》以散曲爲正格，《定律》則改爲《明珠記》。
41. 【園林帶僥僥】，《新譜》以散曲爲例曲，《定律》則改爲《雙螭璧》。
42. 【解酲望鄉】，《新譜》以散曲爲例曲，《定律》則改爲《雙蝴蝶》。
43. 【瑣窗繡】，《新譜》以沈伯英散曲爲例曲，《定律》則改爲《偷甲記》。
44. 【撥棹入江水】，《新譜》以沈伯英散曲爲例曲，《定律》則改爲《西樓記》。
45. 【貓兒逐黃鶯】，《新譜》以散曲爲例曲，《定律》則改爲《後七國》。
46. 【繡帶引】，《新譜》以散曲爲例曲，《定律》則改爲《吉慶圖》。
47. 【繡帶宜春】，《新譜》以散曲爲例曲，《定律》則改爲《廣寒香》。
48. 【懶針線】，《新譜》以散曲爲例曲，《定律》則改爲《意中人》。
49. 【公子穿皂袍】，《新譜》以散曲爲正格，《定律》則改爲《萬壽圖》。

附錄三　各曲譜集曲表

凡　例

1. 本附錄收以下六種曲譜集曲:《舊編南九宮譜》、《增定南九宮曲譜》、《南詞新譜》、《南曲九宮正始》、《寒山曲譜》與《詞格備考》、《南詞定律》。
2. 本文討論的曲譜，有三種未列於本附錄，原因為：
   (1)《墨憨齋詞譜》: 因所據為沈自晉引述馮夢龍說法以及錢南揚輯佚本，未見全貌，故不列於此。
   (2)《新訂十二律崑腔譜》: 所收集曲全部列於卷十六〈犯調〉，已有完整集曲目錄，故不列於此。
   (3)《欽定曲譜》: 南曲部分全依沈璟《增定南九宮曲譜》，故不列於此。
3. 各譜首欄為宮調與編號，編號英文代碼依曲譜成書年代如下：A——《舊編南九宮譜》、B——《增定南九宮曲譜》、C——《南詞新譜》、D——《南曲九宮正始》、E——《寒山曲譜》與《詞格備考》、F——《南詞定律》。
4. 為求所列曲牌體式之完整，各曲牌又一體均列於正格之下，並以括弧注明又一體。
5. 本調均依原譜所註，原譜未能考訂者，闕而不錄。《南詞定律》本調特別標出所犯句數，為求更能凸顯變體之別，於牌名後以括弧標出曲牌銜接之文字，本調 1 即標末句末字；本調 2 以下則標首句首字及末句末字，末段則僅標首句首字，以明曲牌銜接之關係。
6. 欄位依序為：宮調歸屬、集曲名、說明文字、例曲來源、本調數種。
7. 為求版面清楚，每行僅能列本調牌名八種，多於八種的集曲，直接列於次行。

一、《舊編南九宮譜》

宮調歸屬	集曲名	說明文字	例曲來源	本調1	本調2	本調3	本調4	本調5	本調6	本調7	本調8
A001 仙呂過曲	一封書犯	俱有和聲，皆排歌尾	散曲	一封書	排歌						
A002 仙呂過曲	月雲高		伯偕	渡江雲頭	渡江雲尾						
A003 仙呂過曲	甘州歌	前六句八聲甘州，後六句排歌	蔡伯偕	八聲甘州	排歌						
A004 仙呂過曲	皀羅袍犯		標註不明	皀羅袍							
A005 別本附入僊呂過曲	香歸羅袖	桂枝香頭 皀羅袍中 袖天香尾	未標	桂枝香頭	皀羅袍中	袖天香尾					
A006 別本附入僊呂過曲	掉角兒犯		未標								
A007 別本附入僊呂過曲	傍粧台犯		未標								
A008 仙呂過曲	勝葫蘆犯	本曲止五句，中三句乃望吾鄉也	未標	勝葫蘆							
A009 別本附入僊呂過曲	解三酲犯		未標								
A010 仙呂過曲	樂安神犯	本曲止七句，中三句亦是望吾鄉也	未標	樂安神							
A011 別本附入僊呂過曲	醉羅袍	醉扶歸頭 皀羅袍中 袖天香尾	江流	醉扶歸頭	皀羅袍中	袖天香尾					
A012 正宮過曲	三字令過十二橋	四邊靜 錦庭香，同	未標	四邊靜	錦庭香						
A013 別本附入正宮過曲	春歸犯		未標								
A014 正宮引子	破齊陣	前二句破陣子，後六句齊天樂	伯偕	破陣子	齊天樂						
A015 別本附入正宮過曲	雁來紅	前雁過聲後紅娘子二句	呂蒙正	雁過聲	紅娘子						
A016 正宮過曲	雁書錦	雁過聲，二犯漁家傲，二犯漁家燈，喜漁燈，錦纏道	未標								
A017 正宮過曲	錦庭芳	亦入中宮，又入中呂調。錦纏道頭，滿庭芳尾	陳巡檢	錦纏道頭	滿庭芳尾						
A018 正宮過曲	錦庭樂	錦纏道頭，滿庭芳中，普天樂尾，亦入中呂	散曲	錦纏道頭							

A019 別本附入 中呂過曲	馬啼兒	前駐馬聽，後石榴花	翫江樓	駐馬聽	石榴花						
A020 中呂正曲	茶蘼香傍拍		翫江樓								
A021 中呂正曲	番馬舞秋風		未標								
A022 別本附入 正宮過曲	雁過燈	前雁過沙，後漁家燈	未標	雁過沙	漁家燈						
A023 中呂正曲	泣榴花		荊釵								
A024 別本附入 南呂過曲	八寶粧		千家錦	羅江怨	梧桐樹	香羅帶	五更轉	東甌令	懶畫眉	皀羅袍	梁州序
A025 南呂過曲	三段鮑老催	三段子頭，鮑老催尾	未標	三段子頭	鮑老催尾						
A026 南呂過曲	三換頭	五韻美　臘梅花　梧葉兒	伯偕	五韻美	臘梅花	梧葉兒					
A027 南呂引子	女臨江	女冠子頭，臨江仙尾	荊釵	女冠子頭	臨江仙尾						
A028 南呂過曲	五樣錦	臘梅花　香羅帶　刮古令　梧葉兒　好姐姐	拜月亭	臘梅花	香羅帶	刮古令	梧葉兒	好姐姐			
A029 南呂過曲	太平白練序	醉太平頭　白練序尾	未標	醉太平頭	白練序尾						
A030 南呂過曲	出隊鶯亂啼	出隊子頭　鶯亂啼尾	未標	出隊子	鶯亂啼						
A031 別本附入 南呂引子	折腰一枝花	中三句轉調，故曰折腰一枝花	散曲								
A032 南呂過曲	金索挂梧桐		未標								
A033 南呂過曲	香風俏臉兒	即二犯香羅帶	散曲								
A034 別本附入 南呂引子	破掛眞		未標		掛眞兒3至末						
A035 南呂過曲	浣溪啄木兒	浣溪沙頭　啄木兒尾	未標	浣溪紗頭	啄木兒尾						
A036 南呂過曲	番竹馬										
A037 南呂過曲	賀新郎衮										
A038 南呂過曲	劉潑帽犯		未標		犯衮						
A039 南呂引子	臨江梅		荊釵								

A040 南呂過曲	繡帶宜春令	十樣錦，過白練序轉調黃鐘	未標								
A041 南呂過曲	鎖窗郎	鎖窗郎頭　阮郎歸尾	伯偕	鎖窗郎頭	阮郎歸尾						
A042 別本附入 南呂過曲	羅江怨	香羅帶　一江風　怨別離	散曲	香羅帶	一江風	怨別離					
A043 南呂過曲	羅帶兒	香羅帶頭　梧葉兒尾	拜月亭	香羅帶頭	梧葉兒尾						
A044 越調過曲	二犯排歌		未標								
A045 越調過曲	山桃紅	下山虎頭　小桃紅尾	伯偕								
A046 別本附入 越調過曲	園林杵歌		殺狗								
A047 越調引子	霜蕉葉	霜天曉角頭　金焦葉尾	錦機亭	霜天曉角頭	金焦葉尾						
A048 別本附入 越調過曲	蠻牌嵌寶蟾	蠻牌令頭　鬪寶蟾尾	未標	蠻牌令頭	鬪寶蟾尾						
A049 商調過曲	六么梧桐	六么令頭　梧葉兒尾	陳巡檢	六么令頭	梧葉兒尾						
A050 商調過曲	四犯黃鶯兒		拜月亭								
A051 商調過曲	金水梧桐花皀羅	江兒水　水紅花　皀羅袍	劉知遠	江兒水	水紅花	皀羅袍					
A052 商調過曲	金落索	金梧桐、東甌令、針線箱、解三酲、懶畫眉、寄生草	詐妮子	金梧桐	東甌令	針線箱	解三酲	懶畫眉	寄生草		
A053 別本附入 商調過曲	梧桐半折芙蓉花		蘇秦								
A054 別本附入 商調過曲	梧桐挂羊尾	金梧桐頭　山坡羊尾	劉知遠	金梧桐頭	山坡羊尾						
A055 商調過曲	喜梧桐		散曲								
A056 別本附入 商調過曲	擊梧桐		散曲								
A057 商調過曲	鶯集御林春	鶯啼序　集賢賓　簇御林　春三柳	拜月亭	鶯啼序	集賢賓	簇御林	春三柳				
A058 雙調過曲	孝南枝	孝順歌頭　鎖南枝尾	錦香亭	孝順歌頭	鎖南枝尾						
A059 雙調過曲	沙雁揀南枝	雁過沙頭　鎖南枝尾	寶粧亭	雁過沙頭	鎖南枝尾						

A060 雙調引子	眞珠馬	眞珠簾頭　風馬兒尾	散曲	眞珠馬頭	風馬兒尾						
A061 別本附入雙調引子	船入荷花蓮		生死夫妻								
A062 別本附入僊呂入雙調	二犯六么令		拜月亭								
A063 仙呂入雙調過曲	二犯江兒水		未標								
A064 仙呂入雙調過曲	四朝元		伯偕								
A064 別本附入僊呂入雙調	玉山供	玉胞肚頭　五供養尾	蔡伯皆	玉胞肚頭	五供養尾						
A065 別本附入僊呂入雙調	玉雁子	玉交枝頭　雁過沙尾	未標	玉交枝頭	雁過沙尾						
A066 別本附入僊呂入雙調	風入松犯		王祥								
A067 仙呂入雙調過曲	桂花遍南枝	桂枝香頭　鎖南枝尾	散曲	桂枝香頭	鎖南枝						
A068 仙呂入雙調過曲	淘金令犯	轉調入一江風	劉盼盼								
A069 別本附入僊呂入雙調	朝元歌過	江兒水起中入朝天歌後入本腔	荊釵								
A070 別本附入僊呂入雙調	絮蛤蟆	夜行船頭　鬪蛤蟆尾	未標								

二、《增定南九宮曲譜》

宮調歸屬	集曲名	說明文字	例曲來源	本調1	本調2	本調3	本調4	本調5	本調6	本調7	本調8
B001 不知宮調及犯各調	女臨江	南呂引子	荊釵記	女冠子頭	臨江仙尾						

B002 不知宮調及犯各調	臨江梅	南呂引子	荊釵記	臨江仙頭	一翦梅尾						
B003 不知宮調及犯各調	折腰一枝花	南呂引子。中三句不知犯何調，仍舊闕疑，未能查註	散曲								
B004 不知宮調及犯各調	梁州新郎	如此佳詞，惜用韻太雜耳	琵琶記	梁州序首至十	賀新郎七至十末						
B005 不知宮調及犯各調	奈子落瑣窗		十孝記	奈子花	瑣窗寒						
B006 不知宮調及犯各調	奈子宜春		十孝記	奈子花	宜春令						
B007 不知宮調及犯各調	單調風雲會		竊符記	一江風	駐雲飛						
B008 不知宮調及犯各調	繡太平	新增	韓玉箏（傳奇）	繡帶兒	醉太平						
B009 不知宮調及犯各調	繡帶宜春	新增。此出十樣錦，舊譜分作五曲，惟此曲合調耳，餘皆不足取也	散曲	繡帶兒	宜春令						
B010 不知宮調及犯各調	宜春樂	新增	散曲	宜春令	大勝樂						
B011 不知宮調及犯各調	醉太師	新增	鑿井記	醉太平	太師引						
B012 不知宮調及犯各調	太師垂繡帶	新增	十孝記	太師引	繡帶兒						
B013 不知宮調及犯各調	瑣窗郎	舊作犯【阮郎歸】，今改正。按昨承至爲聘十六字，即前送荊釵至回俺十七字也，彼則于室字下作裁收，而此則不然。亦是後人訛以傳訛，不知【瑣窗郎】之出於瑣窗寒耳，必求歸一之腔，乃妙，今人唱彼則極其慢，唱此則甚粗疏，亦非也，【瑣窗寒】亦何必細腔，即至于昨字上，或可無板，此則不必拘也。	琵琶記	瑣窗寒	賀新郎						
B014 不知宮調及犯各調	學士解酲	新增	風教編	三學士	解三酲						
B015 不知宮調及犯各調	羅鼓令	或做羅古，也字中州韻元可做平聲	琵琶記	刮鼓令	皀羅袍	包子令					

B016 不知宮調及犯各調	金蓮帶東甌	新增	黃孝子	金蓮子換頭	東甌令						
B017 不知宮調及犯各調	羅帶兒	梧葉兒本調在後商調內。覆音福	拜月亭	香羅帶	梧葉兒						
B018 不知宮調及犯各調	二犯香羅帶	一名香風俏臉兒。捐音袁。此調後又有香○○一調，因○本句字多訛，今不錄。	黃孝子								
B019 不知宮調及犯各調	羅江怨	一名羅帶風。舊譜謂末後三句是怨別離，但怨別離本調無可考，而此三句與一江風後三句分毫不差，只以一江風唱之爲是。又按《誠齋樂府》將此調改作【楚江情】，蓋惡怨字也。然觀一更夜氣清諸曲中，多了思量薄倖三句。梁伯龍以爲似皀羅袍，非也，思量二句，即是擔閣你度春宵二句，但每句各增一字耳，今宵那搭一句，即香羅帶中珠圍翠簇一句也，今載於後。	散曲	香羅帶	一江風						
B020 不知宮調及犯各調	羅江怨（又一體）	即別名楚江情者，新增。那搭猶言那邊那厢也，北曲中常用之，不知者改作那得，可笑之甚	樂府	香羅帶	一江風						
B021 不知宮調及犯各調	五樣錦		拜月亭	臘梅花	香羅帶	刮鼓令	梧葉兒	好姐姐			
B022 不知宮調及犯各調	三換頭	舊譜註云，前二句是五韻美，中四句是臘梅花，後四句是梧葉兒，今按前三句後二句俱近似矣，但中四句不似，而閃殺二句，亦不似梧葉兒，姑缺疑可也	琵琶記								
B023 不知宮調及犯各調	潑帽落東甌		十孝記	劉潑帽	東甌令						
B024 不知宮調及犯各調	五更轉犯	前半是五更轉本調，後不知犯何調，俟再查明	白兔記	五更轉							
B025 不知宮調及犯各調	二犯五更轉	新入。前五句似犯香徧滿，末後二句似犯賀新郎後六個字，此二調余自查出，未敢明註也	琵琶記		五更轉						
B026 不知宮調及犯各調	八寶粧	起四句似梧桐樹，當入商調，姑仍舊。舊譜註云：羅江怨、梧桐樹、香羅帶、五更轉、東甌令、懶畫眉、皀	散曲								

		羅袍、梁州序、細查各調，多不相協，直羅江怨乃出，自香羅帶，豈有既犯香羅帶，而又犯羅江怨者耶，闕可疑也。									
B027 不知宮調及犯各調	九疑山		梁伯龍作	香羅帶	犯胡兵	懶畫眉	醉扶歸	梧桐樹	瑣窗寒	大迓鼓	解三酲
				劉潑帽							
B028 不知宮調及犯各調	春瑣窗	新增	紅蕖記	宜春令	瑣窗寒						
B029 不知宮調及犯各調	浣沙劉月蓮		散曲	浣溪沙	劉潑帽	秋夜月	金蓮子				
B030 不知宮調及犯各調	梁溪劉大香	新增	散曲	梁州序	浣溪沙	劉潑帽	大迓鼓	香柳娘			
B031 不知宮調及犯各調	繡帶引	新增	散曲								
B032 不知宮調及犯各調	繡帶引	新增	散曲	繡帶兒	太師引						
B033 不知宮調及犯各調	懶針線	新增	同前	懶畫眉	針線箱						
B034 不知宮調及犯各調	醉宜春	新增	同前	醉太平	宜春令						
B035 不知宮調及犯各調	瑣窗繡	新增	同前	瑣窗寒	繡衣郎						
B036 不知宮調及犯各調	大節高	新增	同前	大勝樂	節節高						
B037 不知宮調及犯各調	東甌蓮	新增	同前	東甌令	金蓮子						
B038 仙呂	月雲高	此調犯渡江雲，而渡江雲本調竟缺	琵琶記	月兒高	渡江雲						
B039 仙呂	月照山	新增	雙忠記	月兒高	山坡羊						
B040 仙呂	月上五更	新增	還魂記	月兒高	五更轉						
B041 仙呂	皀袍罩黃鶯	新增	散曲	皀羅袍	黃鶯兒						
B042 仙呂	醉羅袍	又名醉翻袍	江流	醉扶歸	皀羅袍						

B043 仙呂	醉羅歌		陳大聲作	醉扶歸	皀羅袍	排歌					
B044 仙呂	醉花雲	新增	曹含齋作	醉扶歸	四時花	渡江雲					
B045 仙呂	醉歸花月渡	新增	散曲	醉扶歸	四時花	月兒高	渡江雲				
B046 仙呂	羅袍歌	新增，橫紅去聲，萌音蒙	十孝記	皀羅袍	排歌						
B047 仙呂	羅袍歌又一體	新增	散曲	皀羅袍	排歌						
B048 仙呂	二犯傍妝台	新增	荊釵記	傍妝台頭	八聲甘州	皀羅袍	傍妝台尾				
B049 仙呂	甘州解酲	新增	散曲	八聲甘州	解三酲						
B050 仙呂	甘州歌		琵琶記	八聲甘州	排歌						
B051 仙呂	甘州歌（前腔換頭）		琵琶記	八聲甘州	排歌						
B052 仙呂	二犯桂枝香		還帶記	桂枝香頭	四時花	皀羅袍	桂枝香尾				
B053 仙呂	天香滿羅袖	新增	黃孝子	皀羅袍	桂枝香	皀羅袍					
B054 仙呂	一封歌	新增	黃孝子	一封書	排歌						
B055 仙呂	一封歌（又一體）	新增	十孝記	一封書	排歌						
B056 仙呂	一封羅	新增	散曲	一封書	皀羅袍						
B057 仙呂	一封羅（又一體）		鑿井記	一封書	皀羅袍						
B058 仙呂	安樂神犯	犯排歌。皆妙盡善之作也，滿字、幾字俱上聲，尤妙，景字可用平聲。或將一封書、皀羅袍、勝葫蘆各帶排歌，并此調共四曲爲一套，亦甚相協，今不錄。此調凡作者皆犯排歌，未見本調，或曰風和雨三句亦屬本調，恐當再查訂	陳大聲作		排歌						
B059 仙呂	香歸羅袖	桂枝香頭，皀羅袍中，袖天香尾。此調據舊譜載之，但袖天香本調無從查考，且中段三句，亦不似皀羅袍，闕疑可也。此曲用韻太雜，不足法也	江流	桂枝香	皀羅袍	袖天香					

B060 仙呂	香歸羅袖（又一體）		散曲	桂枝香	皀羅袍中	桂枝香					
B061 仙呂	解酲帶甘州	新增	陳大聲作	解三酲	八聲甘州						
B062 仙呂	解酲歌	新增	金印記	解三酲	排歌						
B063 仙呂	解袍歌	新增	明珠紀	解三酲	皀羅袍	排歌					
B064 仙呂	解酲望鄉	新增	散曲	解三酲	望吾鄉						
B065 仙呂	掉角望鄉	新增	散曲	掉角兒序	望吾鄉						
B066 仙呂	甘州八犯	此調雖有甘州二字，全不似八聲甘州，不知所犯何調，又按此記多有不可解者，辜存之	寶劍記								
B067 正宮	破齊陣	正宮引子	琵琶記	破陣子頭	齊天樂	破陣子尾					
B068 正宮	刷子帶芙蓉	一名汲煞尾。此調後二句雖帶玉芙蓉，然第一句不似刷子序，恐又犯他調者，今人則又將黛眉句唱差矣，自此曲盛行，而世人遂不知刷子序本調，惡鄭聲之亂，雅樂有以哉。	散曲	刷子序	玉芙蓉						
B069 正宮	朱奴插芙蓉	新增	散曲	朱奴兒	玉芙蓉						
B070 正宮	朱奴剔銀燈		風教編	朱奴兒	剔銀燈						
B071 正宮	朱奴帶錦纏		黃孝子	朱奴兒	錦纏道						
B072 正宮	普天帶芙蓉		散曲	普天樂	玉芙蓉尾						
B073 正宮	普天帶芙蓉（又一體）		鑿井記	普天樂	玉芙蓉						
B074 正宮	普天樂犯	後四句不知犯何調，需再查明	五倫全備								
B075 正宮	錦芙蓉	新增	鑿井記	錦纏道	玉芙蓉						
B076 正宮	芙蓉紅	新增。牌名中紅字取朱奴兒之意也，與後雁來紅意同	題紅記	玉芙蓉	朱奴兒						
B077 正宮	錦庭樂	此錦庭樂本調近有以望蘆葭，及減芳容皆作錦庭樂者，非也，但滿庭芳止有中呂引子，並無過曲，不知此曲從何處來	散曲	錦纏道	滿庭芳	普天樂					

B078 正宮	錦庭芳		陳巡檢	錦纏道	滿庭芳						
B079 正宮	錦纏樂		白兔記	錦纏道	普天樂						
B080 正宮	傾杯賞芙蓉		五倫全備	傾杯序	玉芙蓉						
B081 正宮	雁漁錦	後四段每段末句，俱犯【雁過聲】	琵琶記								
B082 正宮	雁來紅	用韻雜	綵樓記	雁過沙首至五	紅娘子						
B083 正宮	沙雁揀南枝	舊譜揀字誤作練，今改正	寶粧記	雁過沙	鎖南枝						
B084 中呂	好事近	與詩餘不同，新增。舊譜及舊戲曲皆無此調，惟譜中東野翠煙消一曲，舊題曰好事近，實則泣顏回也，今既正之矣，詳查舊板戲曲，皆以泣顏回爲好事近，而好事近本調，獨有此曲，及陳大聲兜的上心來一曲，不知何所本也。竊謂泣顏回既有本名，不必又別名爲好事近，而此調又無別名，只宜以好事近名之耳。	散曲	泣顏回	刷子序	普天樂					
B085 中呂	榴花泣		荊釵記	石榴花	泣顏回						
B086 中呂	馬蹄花		翫江樓	駐馬聽	石榴花						
B087 中呂	駐馬泣	新增	十孝記	駐馬聽	泣顏回						
B088 中呂	番馬舞秋風	此調戲文中罕見，前七句是駐馬聽，無疑丹青畫圖眞亦似，天天望相憐，但都不如他風韻，似○○末一句○○各有○○○○也	散曲	駐馬聽							
B089 中呂	駐馬摘金桃	前八句市駐馬聽，本調後四句不知犯何調，俟再查	白兔記	駐馬聽							
B090 中呂	尾犯芙蓉		十孝記	尾犯序	玉芙蓉						
B091 中呂	石榴掛漁燈	新增	題紅記	石榴花	漁家燈						
B092 中呂	雁過燈	舊註云，前雁過沙後漁家燈，今查前半絕不似雁過沙，又不似雁過聲，後半上層樓十三字，亦不似漁家燈，惟留心云云似剔銀燈，恐非漁家燈也，辜闕疑以俟知者	綵樓記								

B093 中呂	倚馬待風雲	此曲當在駐馬聽之下，誤列於此	散曲	駐馬聽	一江風	駐雲飛					
B094 黃鐘	玉女步瑞雲	新增，黃鐘引子	黃孝子	傳言玉女	瑞雲濃末						
B095 黃鐘	畫眉序海棠	新增	散曲	畫眉序	月上海棠						
B096 黃鐘	畫眉姐姐	新增	千金記	畫眉序	好姐姐						
B097 黃鐘	出隊滴溜子	新增	十孝記	出隊子	滴溜子						
B098 黃鐘	滴溜神仗		十孝記	滴溜子	神仗兒						
B099 黃鐘	滴溜神仗（又一體）	新增	鑿井記	滴溜子	神仗兒						
B100 黃鐘	雙聲滴	新增	鑿井記	雙聲子	滴溜子						
B101 黃鐘	啄木鸝	又可入商調，新增。舊註云：黃鐘不可居商調之前，恐前高後低也，此調正犯此病，雖起於高則誠，愼不可學	琵琶記	啄木兒	黃鶯兒						
B102 黃鐘	啄木叫畫眉		祝希哲	啄木兒	畫眉序						
B103 黃鐘	三段催	新增	題紅記	三段子	鮑老催						
B104 黃鐘	黃龍醉太平	新增，前字不必用韻	散曲	降黃龍換頭	醉太平						
B105 黃鐘	黃龍捧燈月	新增	黃孝子	降黃龍	燈月交輝被						
B106 黃鐘	玉絳畫眉序	新增	拜月亭	玉漏遲序	絳都春序	畫眉序					
B107 南呂	女臨江	南呂引子	荊釵記	女冠子頭	臨江仙尾						
B108 南呂	臨江梅	南呂引子	荊釵記	臨江仙頭	一翦梅尾						
B109 南呂	折腰一枝花	南呂引子。中三句不知犯何調，仍舊闕疑，未能查註	散曲								
B110 南呂	梁州新郎	如此佳詞，惜用韻太雜耳	琵琶記	梁州序	賀新郎						
B111 南呂	奈子落瑣窗		十孝記	奈子花	瑣窗寒						
B112 南呂	奈子宜春		十孝記	奈子花	宜春令						

B113 南呂	單調風雲會		竊符記	一江風	駐雲飛						
B114 南呂	繡太平	新增	韓玉箏（傳奇）	繡帶兒	醉太平						
B115 南呂	繡帶宜春	新增。此出十樣錦，舊譜分作五曲，惟此曲合調耳，餘皆不足取也	散曲	繡帶兒	宜春令						
B116 南呂	宜春樂	新增	散曲	宜春令	大勝樂						
B117 南呂	醉太師	新增	鑿井記	醉太平	太師引						
B118 南呂	太師垂繡帶	新增	十孝記	太師引淚	繡帶兒						
B119 南呂	瑣窗郎	舊作犯阮郎歸，今改正。按昨承至爲聘十六字，即前送荊釵至回俺十七字也，彼則于室字下作裁收，而此則不然。亦是後人訛以傳訛，不知瑣窗郎之出於瑣窗寒耳，必求歸一之腔，乃妙，今人唱彼則極其慢，唱此則甚粗疏，亦非也，瑣窗寒亦何必細腔，即至于昨字上，或可無板，此則不必拘也。	琵琶記	瑣窗寒	賀新郎						
B120 南呂	學士解酲	新增	風教編	三學士	解三酲						
B121 南呂	羅鼓令	或做羅古，也字中州韻元可做平聲	琵琶記	刮鼓令	皀羅袍	包子令					
B122 南呂	金蓮帶東甌	新增	黃孝子	金蓮子換頭	東甌令						
B123 南呂	羅帶兒	梧葉兒本調在後商調內。覆音福	拜月亭	香羅帶	梧葉兒						
B124 南呂	二犯香羅帶	一名香風俏臉兒。捐音袁。此調後又有香○○一調，因○本句字多訛，今不錄。	黃孝子								
B125 南呂	羅江怨	一名羅帶風。舊譜謂末後三句是怨別離，但怨別離本調無可考，而此三句與一江風後三句分毫不差，只以一江風唱之爲是。又按《誠齋樂府》將此調改作【楚江情】，蓋惡怨字也。然觀一更夜氣清諸曲中，多了思量薄倖三句。梁伯龍以爲似皀羅袍，非也，思量二句，即是擔閣你度春宵二句，但每句各增一字耳，今宵那搭一句，即香羅帶中珠圍翠簇一句也，今載於後。	散曲	香羅帶	一江風						

B126 南呂	羅江怨（又一體）	即別名楚江情者，新增。那搭猶言那邊那廂也，北曲中常用之，不知者改作那得，可笑之甚	樂府	香羅帶	一江風						
B127 南呂	五樣錦		拜月亭	臘梅花	香羅帶	刮鼓令	梧葉兒	好姐姐			
B128 南呂	三換頭	舊譜註云，前二句是五韻美，中四句是臘梅花，後四句是梧葉兒，今按前三句後二句俱近似矣，但中四句不似，而閃殺二句，亦不似梧葉兒，姑缺疑可也	琵琶記								
B129 南呂	潑帽落東甌		十孝記	劉潑帽	東甌令						
B130 南呂	五更轉犯	前半是五更轉本調，後不知犯何調，俟再查明	白兔記	五更轉							
B131 南呂	二犯五更轉	新入。前五句似犯香徧滿，末後二句似犯賀新郎後六個字，此二調余自查出，未敢明註也	琵琶記		五更轉						
B132 南呂	八寶粧	起四句似梧桐樹，當入商調，姑仍舊。舊譜註云：羅江怨、梧桐樹、香羅帶、五更轉、東甌令、懶畫眉、皀羅袍、梁州序、細查各調，多不相協，直羅江怨乃出，自香羅帶，豈有既犯香羅帶，而又犯羅江怨者耶，闕可疑也。	散曲								
B133 南呂	九疑山		梁伯龍作	香羅帶	犯胡兵	懶畫眉	醉扶歸	梧桐樹	瑣窗寒	大迓鼓	解三醒
				劉潑帽							
B134 南呂	春瑣窗	新增	紅蕖記	宜春令	瑣窗寒						
B135 南呂	浣沙劉月蓮		散曲	浣溪沙	劉潑帽	秋夜月	金蓮子				
B136 南呂	梁溪劉大香	新增	散曲	梁州序	浣溪沙	劉潑帽	大迓鼓	香柳娘			
B137 南呂	繡帶引	新增	散曲								
B138 南呂	繡帶引	新增	散曲	繡帶兒	太師引						
B139 南呂	懶針線	新增	同前	懶畫眉	針線箱						
B140 南呂	醉宜春	新增	同前	醉太平	宜春令						
B141 南呂	瑣窗繡	新增	同前	瑣窗寒	繡衣郎						

B142 南呂	大節高	新增	同前	大勝樂	節節高						
B143 南呂	東甌蓮	新增	同前	東甌令	金蓮子						
B144 越調	霜蕉葉		錦機亭	霜天曉角	金蕉葉						
B145 越調	山桃紅		琵琶記	下山虎頭	小桃紅中	下山虎尾					
B146 越調	山虎嵌蠻牌	新增	十孝記	下山虎頭	蠻牌令	下山虎尾					
B147 越調	亭前送別		十孝記	亭前柳	江頭送別						
B148 越調	蠻牌嵌寶蟾		劉盼盼	蠻牌令	鬥寶蟾						
B149 越調	憶花兒		劉盼盼	憶多嬌	梨花兒						
B150 越調	憶鶯兒	新增	繡襦記	憶多嬌	黃鶯兒						
B151 商調	山羊轉五更	新增	十孝記	山坡羊	五更轉						
B152 商調	山羊轉五更（又一體）	新增	雙忠記	山坡羊頭	五更轉中	山坡羊尾					
B153 商調	梧蓼弄金風	新增	黃孝子	梧葉兒	水紅花	柳搖金					
B154 商調	梧蓼金羅	即金井水紅花。此調舊譜作金水梧桐花皂羅，俗作金井水紅花，皆未當，余考明各調定其名	白兔記	梧葉兒	水紅花	柳搖金	皂羅袍				
B155 商調	金梧繫山羊		十孝記	金梧桐	山坡羊						
B156 商調	金絡索	或作金索掛梧桐，非也。南廂即西廂的廂字，猶云南邊也。蓋雁自北而來，向南而飛爾，舊譜改作瀟湘，○矣。倏音叔	詐妮子	金梧桐	東甌令	針線箱	解三酲	懶畫眉	寄生子		
B157 商調	金甌線解酲	新增。又有一調，自解三酲以上皆與此同，而解三酲只用三個字一句，以後卻只用懶畫眉一句作住頭，甚覺無收拾，今不取	周孝子	金梧桐	東甌令	針線箱	解三酲				
B158 商調	梧桐樹犯	新增	陳大聲作	梧桐樹	五更轉						
B159 商調	梧桐半折芙蓉花	芙蓉花不知何調	金印記	梧桐樹	芙蓉花						

B160 商調	二賢賓	新增	鑿井記	二郎神	集賢賓						
B161 商調	二鶯兒		周孝子	二郎神換頭	黃鶯兒	二郎神					
B162 商調	二犯二郎神	新增	復落娼	鶯啼序	集賢賓	二郎神					
B163 商調	集賢聽畫眉	新增	祝希哲	集賢賓	畫眉序						
B164 商調	集鶯花	新增	鄭孔目傳奇	集賢賓	黃鶯兒	賞宮花					
B165 商調	集賢聽黃鶯	新增	散曲	集賢賓	黃鶯兒						
B166 商調	鶯啼春色中	新增	黃孝子	鶯啼序	絳都春						
B167 商調	黃鶯學畫眉	學或作喚或作鬪。新增	散曲	黃鶯兒	畫眉序						
B168 商調	四犯黃鶯兒	此調前六句，分明皆黃鶯兒也，後面止有三句，卻云四犯，殊不可曉，姑仍舊名	拜月亭	黃鶯兒							
B169 商調	鶯花皂	新增。中一段，第一句似水紅花，但後二長句，不似，姑缺之	張伯起	黃鶯兒		皂羅袍					
B170 商調	黃鶯穿皂袍	新增	散曲	黃鶯兒	皂羅袍						
B171 商調	黃鶯帶一封	新增	散曲	黃鶯兒應	一封書						
B172 商調	攤破簇御林	新增	黃孝子	簇御林頭	啄木兒	簇御林尾					
B173 商調	簇袍鶯	新增	十孝記	簇御林	皂羅袍	黃鶯兒免愁煩					
B174 商調	鶯集御林春	用入聲韻。按三春柳據舊譜註作春三柳，新改正之耳，然三春柳本在黃鐘，句法皆不似此曲，後二句殊不可曉，又按此調，第一曲及第四曲，每曲後一句今人皆唱作二句，細查舊板拜月亭，云中都路是家，是我男兒受儒業，又云擔疾染病男兒，教我怎割捨，正與第三曲但只做我男兒那枝葉九個字相同，始知今人之誤，附記於此	拜月亭	鶯啼序	集賢賓	簇御林	三春柳				
B175 商調	鶯鶯兒	新增，或作啼鶯兒	白兔記	鶯啼序	黃鶯兒						
B176 商調	貓兒出隊	新增	十孝記	貓兒墜	出隊子						

B177 商調	貓兒墜玉枝	新增。損字改平聲，乃協	散曲	貓兒墜	玉交枝						
B178 商調	貓兒墜桐花	新增	紅蕖記	琥珀貓兒墜	梧桐花						
B179 雙調	眞珠馬	雙調引子。眞珠簾第二句，既不相似，而風兒馬三句，亦不相類，姑據舊譜載之耳	散曲	眞珠簾	風馬兒						
B180 雙調	醉僥僥	新增	十孝記	醉公子	僥僥令						
B181 雙調	二犯孝順歌	新增。鳳北至無門不知何調，姑闕之	拜月亭			鎖南枝					
B182 雙調	孝南枝	即孝南歌	錦香亭	孝順歌	鎖南枝						
B183 雙調	孝順兒	新增。向因坊本刻作孝順歌，人皆倏其腔以湊之，殊覺苦澀，今見近刻本改作孝順兒，乃暢然矣。	琵琶記	孝順歌	江兒水						
B184 雙調	孝順兒（又一體）		黃孝子	孝順歌	江兒水						
B185 仙呂入雙調	桂花徧南枝		散曲	桂枝香	鎖南枝						
B186 仙呂入雙調	桂花徧南枝（又一體）	新增	鑿井記	桂枝香	鎖南枝						
B187 仙呂入雙調	柳搖金犯	舊譜題作柳搖金，今增一犯字	散曲								
B188 仙呂入雙調	淘金令	新查證。離了家鄉二句，正與四塊金搬了甜桃一句同	牆頭馬上傳奇	四塊金	五馬江兒水						
B189 仙呂入雙調	金風曲	新改正	劉盼盼	四塊金	一江風						
B190 仙呂入雙調	金風曲（又一體）	勁音敬	十孝記	四塊金	一江風						
B191 仙呂入雙調	江頭金桂	新增。此調，予細考，乃得之，顛窨二字，元出詩餘，或作迭窨，或作迭喑，蓋窨喑二字同音也。至於北曲或云顛窨，或云迭窨，而顛字與跌同，恐跌字僞而爲迭字，然顛字，俗師不能識，因而僞作顛字，今人言及顛	琵琶記	五馬江兒水	柳搖金	桂枝香					

		窨，則皆知出於琵琶記，言及顛窨，則或駭而笑矣。笑伊家短行，重疊一句亦可，但無情忒甚，下比書生愚見等曲少一句，想是高則誠因此曲乃三曲集成，或嫌其煩而刪去之故									
B192 仙呂入雙調	二犯江兒水	按此曲本系南調，前輩陳大聲諸公作此調者甚多，今銀瓶記亦作南曲唱可證也。不知始何人，將寶劍記諸曲唱作北腔，此後紅拂、浣紗而下，皆被人作北腔唱矣。然作者元未嘗以北調提之也，予不自量，敢力正之，斷以爲前五句皆五馬江兒水，中二句似朝元令，又三句似柳搖金，後三句仍是五馬江兒水，今人強以北曲唱之，益不知北曲止有清江引別名江兒水，與此調絕不相同，況若欲知今作北調唱，則起處當先唱圍屏來靠四字，後面又重唱云心兒裡焦，想起來心兒裡焦，青春年少，誤了我青春年少，何其贅也。今既知其爲南曲，則唱之者，必不可用此重疊之句矣，予舊有南詞韻選，以此調後三句犯朝元歌及一機錦，亦予之誤也	散曲	五馬江兒水							
B193 仙呂入雙調	金犯令		林招得傳奇	四塊金一心告	五馬江兒水	攤破金字令					
B194 仙呂入雙調	海棠醉東風	新增	鑿井記	月上海棠	沉醉東風						
B195 仙呂入雙調	姐姐插海棠	新增	散曲	好姐姐	月上海棠						
B196 仙呂入雙調	五枝帶六么	新增	散曲	玉交枝	六么令						
B197 仙呂入雙調	撥棹入江水	新增	散曲	川撥棹	江兒水						
B198 仙呂入雙調	園林帶僥僥	新增	散曲	園林好	僥僥令						
B199 仙呂入雙調	攤破金字令	此調前半已明，但後五句竟不知何調，愧不能考定	彩樓記	淘金令頭							

B200 仙呂入雙調	金水令	此曲後或將前攤破金字令中金風冷颼颼以下五句合唱，未知是否	彩樓記	五馬江兒水						
B201 仙呂入雙調	風雲會四朝元		琵琶記	五馬江兒水	桂枝香	柳搖金	駐雲飛	一江風	朝元令	
B202 仙呂入雙調	六么梧葉		陳巡檢	六么令	梧葉兒					
B203 仙呂入雙調	六么姐兒	新增，犯商調	散曲	六么令	好姐姐	梧葉兒				
B204 仙呂入雙調	二犯六么令	第一句第二句乃六么令也，後○四句不知犯何二調，姑闕之	拜月亭							
B205 仙呂入雙調	風送嬌音	新增，或作風送蟬聲，非也。用韻亦雜	還魂記	風入松	惜奴嬌					
B206 仙呂入雙調	姐姐帶僥僥	新增	散曲	好姐姐	僥僥令					
B207 仙呂入雙調	沉醉海棠	新增	崔護舊傳奇	沉醉東風	月上海棠					
B208 仙呂入雙調	沉醉海棠（又一體）	新增	十孝記	沉醉東風	月上海棠					
B209 仙呂入雙調	沉醉海棠（又一體）	新增	鑿井記	沉醉東風	月上海棠					
B210 仙呂入雙調	園林沉醉	新增	風教編	園林好	沉醉東風					
B211 仙呂入雙調	江兒撥棹	新增	鑿井記	江兒水	川撥棹					
B212 仙呂入雙調	五供養犯	新增。此曲此際二字，俱用仄聲，方是五供養本調。若如前一曲丈夫非無淚，夫字平聲唱，不順矣。因琵琶記用夫字平聲，後人遂用平平平仄仄句法，如浣紗之忠良應阻隔，明珠之便教肢體碎皆然，殊誤。後學竟不思琵琶止借用一夫字，而非無二字俱用平聲，未嘗全拗也。是以作詞者不可不嚴，否則無用譜爲矣，即如江兒水二曲六十日夫妻恩情斷一句，最得體而人皆不學，至	琵琶記	五供養首至八	月上海棠					

		於眼巴巴望得關山遠一句，乃落調敗筆，而後人競學之，故識曲聽其眞，人所難也。用韻甚雜，此身此際兩個此字，別字骨字俱可用平聲，然字可用仄聲，自當二字若用平上聲更妙									
B213 仙呂入雙調	五枝供	新增	鑿井記	五供養頭	玉交枝	五供養尾					
B214 仙呂入雙調	二犯五供養	新增。涯音捱。此記與琵琶記皆古曲，觀此五供養與月上海棠合調，益信貧窮老漢末句，亦犯月上海棠矣	周孝子	五供養	玉交枝	五供養	月上海棠				
B215 仙呂入雙調	玉肚交	新增。此調與千金記胸中豪氣相同，今人不知此體也。	白兔記	玉抱肚	玉交枝						
B216 仙呂入雙調	玉山供	供或作頹，非也。此調本玉抱肚五供養合成，故名玉山供。自香囊記妄刻作玉山頹，使後人不惟不知玉山供之來歷，且不知五供養末後一句只當用七個字，凡見五供養後有用七字句者，反以爲犯玉山頹矣。今唱香囊記者，又將中間四個字的一句只點兩板，竟併五供養舊腔而失之，尤可恨可慨也，急改之	琵琶記	玉抱肚	五供養						
B217 仙呂入雙調	玉雁子		琵琶記	玉交枝頭	雁過沙中	玉交枝尾					

三、《南詞新譜》

宮調歸屬	集曲名	說明文字	例曲來源	本調1	本調2	本調3	本調4	本調5	本調6	本調7	本調8
C001 仙呂	葫蘆歌	新入	沈伯英翻北曲集劇名	勝葫蘆	排歌						
C002 仙呂	光葫蘆	新入	新灌園記馮猶龍作	光光乍	勝葫蘆						
C003 仙呂	二犯月兒高	中犯南呂。中二段一犯五更轉一犯紅葉兒，末二句仍作月兒高本調，原本未分註，今從南詞韻選逐段註明	唐伯虎作	月兒高	五更轉	紅葉兒	月兒高				
C004 仙呂	月雲高	此調犯渡江雲，而渡江雲本調竟缺	琵琶記	月兒高	渡江雲						

C005 仙呂	月照山	犯商調	雙忠記姚靜山作	月兒高	山坡羊					
C006 仙呂	月上五更	犯南呂	還魂記	月兒高	五更轉					
C007 仙呂	望鄉歌	新入	邯鄲夢湯海若作	望吾鄉	排歌					
C008 仙呂	長短嵌丫牙	新入	夢花酣范香令作	長拍頭	木丫牙	短拍尾				
C009 仙呂	短拍帶長音	新入	同前（夢花酣范香令作）	短拍頭	長拍尾					
C010 仙呂	皀袍罩黃鶯		散曲	皀羅袍	黃鶯兒					
C011 仙呂	皀袍罩黃鶯（又一體）	新入	望湖亭鞠通生作	皀羅袍	黃鶯兒					
C012 仙呂	醉羅袍	又名醉翻袍	江流記	醉扶歸	皀羅袍					
C013 仙呂	醉羅歌		陳大聲作	醉扶歸	皀羅袍	排歌				
C014 仙呂	全醉半羅歌	新入	望湖亭	醉扶歸	皀羅袍	排歌				
C015 仙呂	醉花雲	馮刪此曲，予存其調	曹含齋作咏紅拂	醉扶歸	四時花	渡江雲				
C016 仙呂	醉歸花月渡		沈伯英出情癡寱語	醉扶歸	四季花	月兒高	渡江雲			
C017 仙呂	醉歸花月紅	新入	勘皮靴范香令未刻稿	醉扶歸	四季花	月兒高	紅葉兒			
C018 仙呂	醉花月紅轉	新入	金明池范香令未刻稿	醉扶歸	四季花	月兒高	紅葉兒	五更轉		
C019 仙呂	羅袍帶封書	新入	散曲	皀羅袍	一封書					
C020 仙呂	羅袍歌		十孝記此眼徐庶之孝	皀羅袍	排歌					
C021 仙呂	羅袍歌（又一體）		散曲鸚鵡報春晴套	皀羅袍	排歌					
C022 仙呂	粧臺望鄉	新改入。按此套四曲總名四季望鄉，第一望吾鄉全曲，第二傍粧臺，第三解三醒，第四掉角兒，各帶望吾鄉三句，各用休負了句法，四曲皆同。原譜前後三曲俱載	散曲爛漫春光套	傍粧臺	望吾鄉					

		入，獨於夏景一曲，改末句為等閒莫負水亭涼而註為傍粧臺本調，誤矣。馮巳上註，予初錄秦復菴一曲，但第三句字欠協，今從馮說，改定此曲作粧臺望鄉，而另補傍粧臺本調一曲入譜為當									
C023 仙呂	二犯傍粧臺		荊釵記	傍粧臺頭	八聲甘州	皂羅袍	傍粧臺尾				
C024 仙呂	粧臺帶甘歌	新入	南柯夢湯海若作	傍粧臺	八聲甘州	排歌					
C025 仙呂	甘州解酲		散曲鸚鵡報春晴套	八聲甘州	解三酲						
C026 仙呂	甘州歌（含換頭格）		琵琶記	八聲甘州	排歌						
C027 仙呂	二犯桂枝香		還帶記沈練川作	桂枝香頭	四季花	皂羅袍	桂枝香尾				
C028 仙呂	羅袍滿桂香		黃孝子	皂羅袍	桂枝香	皂羅袍					
C029 仙呂	桂子著羅袍		散曲	桂枝香頭	皂羅袍中	桂枝香尾					
C030 仙呂	桂子著羅袍（又一體）	新入	鞠通生曉發句曲道中	桂枝香	皂羅袍	桂枝香					
C031 仙呂	香歸羅袖	桂枝香頭，皂羅袍中，袖天香尾。舊以袖天香無考，且中段亦不似桂枝香皂羅袍二調合成，將我欲圖一覺至放秋上心，俱作皂羅袍，而以末二句作桂枝香尾，但今有上缺二字，未敢擅補耳。茲從馮說，空二字並補板。	江流記	桂枝香	皂羅袍	袖天香					
C032 仙呂	桂花羅袍歌	新入	虞君哉作	桂枝香	四季花	皂羅袍	排歌				
C033 仙呂	桂香轉紅月	新入犯南呂	梅花樓	桂枝香	五更轉	紅葉兒	月兒高				
C034 仙呂	一封歌		黃孝子	一封書	排歌						
C035 仙呂	一封歌（又一體）		十孝記	一封書	排歌						
C036 仙呂	一封歌（又一體）		鴛鴦棒	一封書	排歌						
C037 仙呂	一封羅		散曲鸚鵡報春晴套	一封書	皂羅袍						

C038 仙呂	一封羅（又一體）		鑿井記	一封書	皀羅袍						
C039 仙呂	書寄甘州	新入	新灌園記	一封書	八聲甘州						
C040 仙呂	一封鶯	新入犯商調	散曲	一封書	黃鶯兒						
C041 仙呂	安樂神犯	犯排歌	陳大聲作	安樂神	排歌						
C042 仙呂	解醒帶甘州		陳大聲作	解三醒	八聲甘州						
C043 仙呂	解醒帶甘州（又一體）		鸘鷞裘	解三醒換頭	八聲甘州						
C044 仙呂	解醒歌		金印記	解三醒	排歌						
C045 仙呂	解袍歌		明珠記	解三醒	皀羅袍	排歌					
C046 仙呂	解醒望鄉		散曲	解三醒	望吾鄉						
C047 仙呂	解封書		顧來屏作	解三醒	一封書						
C048 仙呂	解醒姐姐	以下新入四曲俱犯南呂	馮猶龍作	解三醒換頭	好姐姐						
C049 仙呂	解醒樂		夢磊記	解三醒	大勝樂						
C050 仙呂	解醒甌		夢花酣	解三醒	東甌令						
C051 仙呂	解絡索	末用金絡索調中二段曲名，故名解絡索	萬事足	解三醒	懶畫眉	寄生子					
C052 仙呂	掉角望鄉	此曲掉角兒中一段又是一體，存之可也，不可學。陳大聲一任他一曲與此同調，今人唱後段，不似望吾鄉，非也	散曲	掉角兒序	望吾鄉						
C053 仙呂	粧台解羅袍	新入	沈治佐作	傍粧臺換頭	解三醒	皀羅袍					
C054 羽調	鶯袍間鳳花	新入。此即仿四季花作，而自立名，比舊曲又稍異，並存之。	花眉旦	黃鶯兒	皀羅袍	金鳳釵	皀羅袍	四季花			
C055 羽調	四季盆花燈	新入。此調又可入中呂	王伯良	四季花	瓦盆兒	石榴花	剔銀燈				
C056 羽調	花犯紅娘子	新入，末段犯正宮，即朱奴兒	雌雄旦	四季花	紅娘子						

C057 羽調	金釵十二行	新入	楊景夏作	金鳳釵	勝如花	醉扶歸	望吾鄉	道和	傍粧臺	解三醒	八聲甘州
				一封書	掉角兒	皀羅袍	排歌				
C058 羽調	馬鞍兒犯	原作馬鞍兒，今增定。	黃孝子	馬鞍兒	排歌						
C059 羽調	馬鞍帶皀羅	新入	散曲	馬鞍兒	皀羅袍						
C060 正宮	破齊陣		琵琶記	破陣子頭	齊天樂	破陣子尾					
C061 正宮	半陣樂		神鏡記	破陣子	齊天樂						
C062 正宮	刷子帶芙蓉	按此曲黛眉懶畫四字，馮猶龍欲將眉字當一襯字，作三字一句，而仍作刷子序本腔，然與歎古今三字句法亦未合。不若從先詞隱原作玉芙蓉腔板爲妥。若云：此套下三曲，皆止帶一句玉芙蓉，何獨首曲多此一句？愚意下曲，如山漁燈內愛風流俊雅、普天樂內奈心事轉加、朱奴兒內托香腮悶加，亦皆可作玉芙蓉，但前人成法既然，不必輒改耳。亞字本去聲，今多唱作上聲，非也。細考之，黛眉句，亦當作玉芙蓉，點板當在懶字頭及畫字下，黛字畫字二板不用。	散曲	刷子序	玉芙蓉						
C063 正宮	刷子帶天樂	新入	雌雄旦	刷子序	普天樂						
C064 正宮	朱奴插芙蓉	今人謂此曲爲針線箱犯，又改〇爲〇，又將綉字一板點在・・・	散曲	朱奴兒	玉芙蓉						
C065 正宮	朱奴插芙蓉（又一體）	新入	翠屏山	朱奴兒	玉芙蓉						
C066 正宮	朱奴帶錦纏		黃孝子	朱奴兒	錦纏道						
C067 正宮	朱奴剔銀燈	犯中呂	風教編	朱奴兒	剔銀燈						
C068 正宮	普天帶芙蓉	馮云首三句最協，是正格	散曲	普天樂	玉芙蓉尾						
C069 正宮	普天帶芙蓉（又一體）		鑿井記	普天樂	玉芙蓉						

C070 正宮	普天樂犯	新查註犯中呂，亦名樂顏回。後四句原本未查，今從馮云犯泣顏回無疑，但鵬字上缺一字，○文人失手點簡耳。予謂廊字改仄聲乃協，第五句及末句俱少一字	伍倫全備	普天樂	泣顏回						
C071 正宮	普天兩紅燈（換頭）	新入亦可入中呂。說明重要	夢花酣	普天樂	兩休休	紅芍藥	剔銀燈				
C072 正宮	普天紅	新入。此調出方諸樂府，偶效之	耆英會	小普天樂	朱奴兒						
C073 正宮	雁聲樂	新入	耆英會（一套五曲）	雁過聲換頭	普天樂						
C074 正宮	芙蓉燈	新入犯中呂	耆英會（一套五曲）	玉芙蓉	剔銀燈						
C075 正宮	芙蓉燈（又一體）	新入。曲甚佳，惜用韻太雜	女狀元	玉芙蓉	剔銀燈						
C076 正宮	小桃拍	新入，犯大石調。末一曲載大石調中	耆英會	小桃紅	催拍						
C077 正宮	錦芙蓉		鑿井記	錦禪道	玉芙蓉						
C078 正宮	芙蓉紅	牌名中紅字，取朱奴兒之意也，與後雁來紅意同	題紅記	玉芙蓉	朱奴兒						
C079 正宮	錦庭樂	此錦庭樂本調，近有似望蘆葭及減芳榮，皆作錦庭樂者，非也。但滿庭芳止有中呂引子，並無過曲，不知此曲從何處來耳	散曲	錦纏道	滿庭芳	普天樂					
C080 正宮	錦庭芳		陳巡簡	錦纏道	滿庭芳						
C081 正宮	錦芳纏	新入。末段錦纏道爲拜月亭句法	夢花酣	錦纏道	滿庭芳	錦纏道					
C082 正宮	錦樂纏	新入	歡喜冤家	錦纏道	普天樂	錦纏道					
C083 正宮	錦天芳	新入	歡喜冤家	錦纏道	普天樂	滿庭芳					
C084 正宮	錦纏樂	葮本作完，音完。今俗師不識，既多唱作葮，而完字音與下韻不協，姑從俗作葮，然文義亦通。用韻太雜	白兔記	錦纏道	普天樂						
C085 正宮	刷子錦	以下五曲新入	夢花酣	刷子序	錦纏道						
C086 正宮	錦天樂		夢花酣	錦纏道	普天樂						
C087 正宮	天樂雁		夢花酣	普天樂	雁過聲						

C088 正宮	雁聲傾（換頭）		夢花酣	雁過聲換頭	傾杯序						
C089 正宮	傾杯玉	即傾杯賞芙蓉又一體。下有芙蓉紅、朱奴燈二曲相接，因與原譜調同，故不錄。朱奴燈後又有銀燈花、花六么接下成套，則仍入中呂	夢花酣	傾杯序換頭	玉芙蓉						
C090 正宮	小桃帶芙蓉	新入。義俠記有此調。	金明池	小桃紅	玉芙蓉						
C091 正宮	桃紅醉	新入	紅梅記	小桃紅	醉太平						
C092 正宮	雙紅玉	新入	沈治佐	小桃紅	○○子						
C093 正宮	三字令過十二橋	每三字句重唱處，皆依綵樓記腔也。舊註云四邊靜錦庭香同，今查錦庭香無可考，而後一段與四邊靜正同。豈四邊靜別名曰十二橋耶？又考三字令，綵樓記有之，而亦以四邊靜接去，此益可信矣。	無名氏	三字令	十二橋						
C094 正宮	泣秦娥	犯中呂宮當名秦娥泣。泣字犯泣顏回無疑，但秦娥正調莫考耳。用韻甚雜	無名氏	秦娥	泣顏回						
C095 正宮	秦娥賽觀音	新入	夢花酣	泣秦娥	賽觀音						
C096 正宮	傾杯賞芙蓉	愚按玉芙蓉末句句法，該上三字略斷，下七字相聯，此曲望白雲縹緲云云，殊誤，後學不可法也。	五倫全備	傾杯序	玉芙蓉						
C097 正宮	傾杯賞芙蓉（又一體）	新入	金明池	傾杯序換頭	玉芙蓉						
C098 正宮	芙蓉滿江	新入	沈君善作	玉芙蓉	滿江紅						
C099 正宮	太平小醉（換頭）		沈君善作	醉太平換頭	小醉太平						
C100 正宮	三仙序	新入	沈伯明翻北咏柳憶別	三仙橋	白練序						
C101 正宮	醉天樂	新入	沈伯明翻北咏柳憶別	醉太平換頭	普天樂						
C102 正宮	雁魚錦	後四段每段末二句俱犯雁過聲。	琵琶記	雁過聲	二犯漁家傲	二犯漁家燈	喜漁燈犯	錦纏道犯			

C103 正宮	漁燈插芙蓉	原名山漁燈。此調或作虞美人犯，非也	散曲	山漁燈	玉芙蓉					
C104 正宮	雁來紅		綵樓記	雁過沙	紅娘子					
C105 正宮	沙雁揀南枝	揀舊誤作練。犯雙調	寶粧亭	雁過沙	鎖南枝					
C106 正宮	春歸犯	似換頭	散曲							
C107 正宮	春歸人未圓	新入	夢花酣	怕春歸	人月圓					
C108 大石	催拍棹	新入	耆英會	催拍	一撮棹					
C109 中呂	好事近	與詩餘不同，犯正宮。舊以東野翠烟消一曲名好事近，特諱泣顏回之名而更之耳。實則泣顏回也。先詞隱既已正其本名，謂不必又別名好事近，而此調又無別名，只宜以好事近名之耳。馮謂繇泣而樂，正宜名好事近也。按此曲從太霞新奏，名顏子樂亦可	散曲	泣顏回	刷子序	普天樂				
C110 中呂	四犯泣顏回	新入犯正宮	露綬記	泣顏回	刷子序	泣顏回	剔銀燈	石榴花	錦纏道	
C111 中呂	榴花泣		荊釵記	石榴花	泣顏回					
C112 中呂	榴花泣（又一體）	新入。此與折梅逢使曲同。起調處不點板亦可。第二句上少一字，舊亦有此體	四節記	石榴花	泣顏回					
C113 中呂	榴花近	新入	夢花酣	石榴花	好事近					
C114 中呂	馬蹄花		翫江樓	駐馬聽	石榴花					
C115 中呂	駐馬泣		十孝記	駐馬聽	泣顏回					
C116 中呂	番馬舞秋風	犯南呂。前八句是駐馬聽無疑，末一句似一江風，但如字改仄聲乃協耳，馮改作似字	散曲	駐馬聽	一江風					
C117 中呂	倚馬待風雲	中犯南呂。此曲馮去予存	散曲	駐馬聽	一江風	駐雲飛				
C118 中呂	駐馬輪臺	新入	夢花酣	駐馬聽	古輪臺					
C119 中呂	駐雲聽	新入	沈西豹	駐雲飛	駐馬聽					
C120 中呂	撲燈紅	新入	翠屏山	撲燈蛾	紅繡鞋					

C121 中呂	孩兒燈	新入	馮猶龍作	好孩兒	剔銀燈						
C122 中呂	漁家傲犯	新改定，犯正宮。原本云，知他是怎作漁家傲正格，今從馮稿去他字，作犯雁過聲，因荊釵記次曲云：這情由有甚的難詳審，不投下佳音回計音亦是七字二句，其爲犯調益明矣，板亦隨改。	荊釵記	漁家傲	雁過聲						
C123 中呂	漁家傲犯	新改定，犯正宮。此曲原本作漁家燈，今從馮查明，與上曲無異，但多用聽得譙樓二句耳，幃字不用韻亦可。-兒夫二句與漁家傲起句不同，辨在漁燈雁	臥冰記	漁家傲	雁過聲						
C124 中呂	漁家燈	新查註。馮云原譜載漁家燈三曲，唯此一曲爲確	燕子樓	漁家傲	剔銀燈						
C125 中呂	漁燈雁	馮補，犯正宮。馮註云，前二句與漁家傲本調不甚肖，再查詐妮子有漁家燈曲云：心相愛，方此綢繆，如何變回庭院，投留你扯住羅裙連三句，到你跟前確是此調，又有此格，今存備考。	韓壽傳奇	漁家傲	剔銀燈	雁過聲					
C126 中呂	燈影搖紅	新入	夢花酣	剔銀燈	大影戲	紅芍藥					
C127 中呂	銀燈花	新入。此二曲與正宮刷子錦等五曲係一套	夢花酣	剔銀燈	攤破地錦花						
C128 中呂	花六么	新入，犯仙呂入雙調	夢花酣	攤破地錦花	六么令						
C129 中呂	尾犯芙蓉	犯正宮	十孝記演張孝張禮事	尾犯序	玉芙蓉						
C130 中呂	喜漁燈	與雁漁錦第四曲不同。新查註換。原載幾番欲把金錢問，恐無定準云云一曲，第六句東風掃斷夢勞魂，與剔銀燈欠協，故從馮易此曲，併依其分註	綵樓記	喜看燈	漁家傲	剔銀燈					
C131 中呂	兩紅燈	舊名漁家燈，從馮查改。愚意此曲作者即用原名，不分註亦可，固荊釵是舊曲，不必輒改其名。按先詞隱詞林辯體註云：此調後三句曲名中燈字無疑，但前六句又不似漁家傲，豈別有一調有漁家二字而與剔銀燈合成耶？至於雁漁錦所用二犯云云，又各	荊釵記	兩休休	○	剔銀燈					

		與本調不同，闕疑可也。如李日華南西廂所謂漁燈兒等曲，蓋不可解矣。予今從墨憨改名兩紅燈，然中段云見插逼勒汝身重嫁二句，與紅芍藥原調云孩兒歷盡苦共辛句法併查與殺狗記中因甚夜叩門句俱未對，姑從其名未便明註。									
C132 中呂	石榴掛漁燈		題紅記	石榴花	漁家燈						
C133 中呂	雙瓦合漁燈	新入	夢花酣	古瓦盆兒	瓦盆兒	喜漁燈					
C134 中呂	繡鞋令	新查改犯仙呂入雙調。花字不用韻，非也。	瓊花女	紅繡鞋	六么令						
C135 中呂	漁家醉芙蓉	以下新入，此犯正宮	張蒼山羞夢共錄四曲	漁家傲	醉太平	玉芙蓉					
C136 中呂	縷金丹鳳尾	以下新入，此犯正宮	張蒼山羞夢共錄四曲	縷縷金	尾犯序						
C137 中呂	舞霓戲千秋	以下新入，此犯正宮	張蒼山羞夢共錄四曲	舞霓裳	大影戲	千秋歲					
C138 中呂	麻婆好紅繡	以下新入，此犯正宮	張蒼山羞夢共錄四曲	麻婆子	紅繡鞋						
C139 南呂	女臨江		荊釵記	女冠子頭	臨江仙尾						
C140 南呂	臨江梅		荊釵記	臨江仙頭	一翦梅尾						
C141 南呂	折腰一枝花	中二句轉調，故名折腰。中三句不知犯何調，未能查註	散曲								
C142 南呂	梁州新郎	舊作梁州小序，亦非。	琵琶記	梁州序	賀新郎合（						
C143 南呂	大勝花	新入	金印記	大勝樂	柰子花						
C144 南呂	勝寒花	新入	顧來屏作蘭開悼亡	大勝樂	瑣窗寒	柰子花					
C145 南呂	大勝棹	馮補，犯仙呂入雙調	散曲	大勝樂	川撥棹						
C146 南呂	柰子落瑣窗		十孝記此演王祥之孝	柰子花	瑣窗寒						
C147 南呂	柰子宜春		十孝記此演韓伯俞之孝	柰子花	宜春令						

C148 南呂	柰子大	新入	新灌園記	柰子花	大勝樂						
C149 南呂	單調風雲會		竊符記	一江風	駐雲飛						
C150 南呂	香姐姐	新入又馮補	萬事足	香柳娘	好姐姐						
C151 南呂	砑鼓娘	新入	夢花酣	大砑鼓	香柳娘						
C152 南呂	引劉郎	新入	夢花酣	引駕行	劉潑帽	賀新郎					
C153 南呂	繡帶宜春		散曲	繡帶兒	宜春令						
C154 南呂	宜春樂		沈伯英	宜春令	大勝樂						
C155 南呂	帶醉行春		眞珠衫	繡帶兒	醉太平	宜春令					
C156 南呂	繡針線		顧來屏作	繡帶兒	針線箱						
C157 南呂	醉太師		鑿井記	醉太平	太師引						
C158 南呂	太師垂繡帶	一曲中婉轉情至	十孝記（此演王祥之孝）	太師引	繡帶兒						
C159 南呂	太師垂繡帶（又一體）	新入	王伯良作	太師引	繡帶兒						
C160 南呂	太師圍繡帶	新入	夢花酣	太師引	繡帶兒	太師引					
C161 南呂	太師醉腰圍	新入	夢花酣	太師引	醉太平	太師引					
C162 南呂	太師入瑣窗	新入	鴛鴦棒	太師引	瑣窗寒						
C163 南呂	太師接學士	新入	沈巢逸	太師引	三學士						
C164 南呂	瑣窗郎	舊作犯阮郎歸，今改正	琵琶記	瑣窗寒	賀新郎						
C165 南呂	瑣窗花	新入	鞠通生咏園梅	瑣窗寒	玉梅花						
C166 南呂	瑣窗秋月	新入	夢花酣	瑣窗寒	秋夜月						
C167 南呂	瑣窗秋月（又一體）	新入	金明池	瑣窗寒	秋夜月						
C168 南呂	春甌帶金蓮	新入	鴛鴦棒	宜春令	東甌令	金蓮子					

C169 南呂	宜春絳	新入，犯黃鐘	鴛簪記	宜春令	絳都春						
C170 南呂	宜春序（換頭）	新入，犯黃鐘	夢花酣	宜春令	獅子序						
C171 南呂	阮二郎	新入	夢花酣	阮郎歸	賀新郎						
C172 南呂	學士解酲	犯仙呂。原曲用韻太雜，以此曲易之	西樓記	三學士	解三酲						
C173 南呂	學士解酲（又一體）	新入	綠牡丹	三學士	解三酲						
C174 南呂	學士解溪沙	新入中犯仙呂	勘皮靴	三學士	解三酲	浣溪沙					
C175 南呂	羅鼓令	或作羅古，犯仙呂及越調。說明多	琵琶記	刮鼓令	皂羅袍合	包子令					
C176 南呂	羅鼓令（又一體）	馮補	萬事足	刮鼓令	皂羅袍	刮鼓令					
C177 南呂	金蓮帶東甌		黃孝子	金蓮子換頭	東甌令						
C178 南呂	羅帶兒	犯商調	拜月亭	香羅帶	梧葉兒						
C179 南呂	二犯香羅帶	一名香風俏臉兒	黃孝子	未標所犯曲牌，僅以○間隔							
C180 南呂	羅江怨	一名羅帶風。馮云怨別離蓋一江風之別名也。（同沈璟譜說明）又按誠齋樂府，將此調改作楚江情，蓋惡怨字也。然觀一更夜氣清諸曲，多思量薄倖三句，梁伯龍以爲似皂羅袍，非也。思量二句，即是攙閣你度青春二句，但每句各增一字耳。今宵那搭一句，即香羅帶中朱圍翠繞一句也，今載於後	散曲	香羅帶	一江風						
C181 南呂	羅江怨（又一體）	亦名楚江情者	誠齋樂府	香羅帶	一江風						
C182 南呂	五樣錦	前犯仙呂末犯商調及雙調	拜月亭	蠟梅花	香羅帶	刮鼓令	梧葉兒	好姐姐			
C183 南呂	三換頭	曲入南呂，乃各犯他調。（同沈璟譜註）。今按此曲原雜押	琵琶記	五韻美	蠟梅花	梧葉兒					

C184 南呂	征胡徧	新入	夢花酣	征胡兵	香徧滿						
C185 南呂	征胡徧（又一體）	以下四曲新入。比前曲多雨晴一句	鞠通生	征胡兵	香徧滿						
C186 南呂	梅花郎	可入仙呂	鞠通生	蠟梅花	賀新郎						
C187 南呂	瑣窗帽		鞠通生	瑣窗寒	劉潑帽						
C188 南呂	節節令		鞠通生	節節高	東甌令						
C189 南呂	懶扶歸	新入，犯仙呂入雙調	夢花酣	懶畫眉	醉扶歸						
C190 南呂	懶鶯兒	新入，犯商調	沈曼君作	懶畫眉	黃鶯兒						
C191 南呂	懶針醒	新入，末犯仙呂	勘皮靴	懶畫眉	針線箱	解三酲					
C192 南呂	懶扶羅	新入	鴛鴦棒	懶畫眉	醉扶歸	皀羅袍					
C193 南呂	畫眉溪月瑣寒郎	新入	沈治佐作	懶畫眉	浣溪沙	秋夜月	瑣窗寒	繡衣郎			
C194 南呂	朝天懶	新入	牡丹亭	朝天子	懶畫眉						
C195 南呂	朝天懶（又一體）	新入	夢花酣	朝天子	懶畫眉						
C196 南呂	浣溪帽	新入	西園記	浣溪沙	劉潑帽						
C197 南呂	浣溪三脫帽	新入中犯仙呂	勘皮靴	浣溪沙	解三酲	三學士	劉潑帽				
C198 南呂	秋月炤東甌	新入	鴛鴦棒	秋夜月	東甌令						
C199 南呂	秋月炤東甌（又一體）	新入	勘皮靴	秋夜月	東甌令						
C200 南呂	令節賞金蓮	新入	眞珠衫	東甌令	金蓮子						
C201 南呂	潑帽落東甌	先生以理見大，慘改作○見。	十孝記	劉潑帽	東甌令						
C202 南呂	潑帽落東甌（又一體）	新入。比舊曲多東甌令一句，調尤洽	白玉樓	劉潑帽	東甌令						

C203 南呂	五更香	原名五更轉犯。前半是五更轉本調，後本原未查明，今從馮作香柳娘末段，將下邊顯現二字作襯，亦可，但嫌現字不協韻耳	白兔記	五更轉	香柳娘						
C204 南呂	二犯五更轉	墨憨名香遶五更。原註前五句似犯香徧滿，後二句似犯賀新郎，而琵琶考註，以憑字平聲與幾人見句法欠協，今查馮註，以漫字苦二句正與琵琶記也只爲糟糠婦二句相對，則末二句亦係香徧滿無疑，從之	琵琶記	香徧滿	五更轉	香徧滿					
C205 南呂	香轉雲	馮補	雙忠記	香徧滿	五更轉	駐雲飛					
C206 南呂	紅衫白練	新入，犯正宮	花筵賺	紅衫兒換頭	白練序						
C207 南呂	紅白醉	新入。可入正宮	夢花酣	紅衫兒換頭	白練序	醉太平					
C208 南呂	九疑山	中犯仙呂及商調。一曲韻雜不佳，又無板，刪之又八寶粧一曲各調難查，腔板未考，恐作者強效之，亦不錄	梁伯龍作	香羅帶	犯胡兵	懶畫眉	醉扶歸	梧桐樹	瑣窗寒	大迓鼓	針線箱
				劉潑帽							
C209 南呂	浣溪天樂	新入，犯正宮	金明池	浣溪沙	普天樂						
C210 南呂	浣溪樂		沈伯英作	浣溪沙	大勝樂						
C211 南呂	春太平		沈伯英作	宜春令	醉太平						
C212 南呂	春瑣窗		紅蕖記	宜春令	瑣窗寒						
C213 南呂	浣沙劉月蓮		沈伯英	浣溪沙	劉潑帽	秋夜月	金蓮子				
C214 南呂	梁溪劉大娘		沈伯英	梁州序	浣溪沙	劉潑帽	大迓鼓	香柳娘			
C215 南呂	春溪劉月蓮	新入	沈方思作	宜春令	浣溪沙	劉潑帽	秋夜月	金蓮子			
C216 南呂	繡帶引	勘皮靴亦作此調，少蹉跎二字一句	沈伯英	繡帶兒	太師引						
C217 南呂	懶針線		沈伯英	懶畫眉	針線箱						
C218 南呂	醉宜春		沈伯英	醉太平	宜春令						
C219 南呂	醉宜春（又一體）		勘皮靴	醉太平	宜春令						

C220 南呂	瑣窗繡		伯英	瑣窗寒	繡衣郎						
C221 南呂	大節高		伯英	大勝樂	節節高						
C222 南呂	大節高（又一體）		花筵賺	大勝樂	節節高						
C223 南呂	東甌蓮		伯英	東甌令	金蓮子						
C224 南呂	宜春引	以下新入	王伯良	宜春令	太師引						
C225 南呂	針線窗		王伯良	針線箱	瑣窗寒						
C226 南呂	柰子樂		王伯良	柰子花	大勝樂						
C227 南呂	秋夜令	此即秋月照東甌又一體，因曲在套中，故錄於此	王伯良	秋夜月	東甌令						
C228 南呂	浣溪蓮		王伯良	浣溪沙	金蓮子						
C229 南呂	香滿繡窗	以下一套新入	楊景夏	香徧滿	繡帶兒	瑣窗寒					
C230 南呂	瑣窗針線	新入	楊景夏	瑣窗寒	針線箱						
C231 南呂	宜春懶繡	新入	楊景夏	宜春令	懶畫眉	繡帶兒					
C232 南呂	秋夜金風	新入	楊景夏	秋夜月	金蓮子	一江風					
C233 南呂	太師解繡帶	犯仙呂。以下四曲新入	沈子言	太師引	解三醒	繡帶兒					
C234 南呂	學士醉江風	新入	沈子言	三學士	醉太平	一江風					
C235 南呂	花落五更寒	新入	沈子言	柰子花	瑣窗寒						
C236 南呂	潑帽入金甌	新入	沈子言	劉潑帽	金蓮子	東甌令					
C237 南呂	六犯新音	新入，首犯商調	顧來屏作	梧桐樹	東甌令	浣溪沙	劉潑帽	大迓鼓	香柳娘		
C238 黃鐘	女子上陽臺	新入	祝枝山咏畫眉	女冠子	高陽臺						
C239 黃鐘	玉女步瑞雲		黃孝子	傳言玉女	瑞雲濃						
C240 黃鐘	絳都春影	原作絳都春換頭，今改定。此曲坊本或題作絳都春，或題作疏影，當是二調合成。及查鼻中以下，	白兔記	絳都春換頭	疏影						

		全不似絳都春，而與疏影正合，特改定之。馮註予正疑末二句文理句獨與滿懷心事云云，句法絕不同，今始釋其疑耳。馮錄白兔記前調，予則仍存換頭。									
C241 黃鐘	團圓到老	新改入。說明長。補印次頁	江流記	永團圓	鮑老催						
C242 黃鐘	畫眉上海棠	犯仙呂入雙調	散曲	畫眉序	月上海棠						
C243 黃鐘	畫眉姐姐	犯仙呂入雙調	千金記	畫眉序	好姐姐						
C244 黃鐘	畫眉畫錦	新入，犯雙調	燕仲義作	畫眉序	畫錦堂						
C245 黃鐘	滴金樓	新入，又馮補	永團圓李玄玉作	滴滴金	下小樓						
C246 黃鐘	滴溜出隊	新入	陳大聲	滴溜子	出隊子						
C247 黃鐘	出隊滴溜子		十孝記	出隊子	滴溜子						
C248 黃鐘	出隊神仗		鷫鸘裘	出隊子	神杖兒						
C249 黃鐘	滴溜兒		十孝記	滴溜子	神仗兒						
C250 黃鐘	滴溜兒（又一體）		鑿井記	滴溜子	神仗兒						
C251 黃鐘	雙聲滴		鑿井記	雙聲子	滴溜子						
C252 黃鐘	雙聲催老	新入	新灌園記	雙聲子	鮑老催						
C253 黃鐘	啄木鸝	又可入雙調	琵琶記	啄木兒	黃鶯兒						
C254 黃鐘	啄木鸝（又一體）	新入。明珠、紫釵等記皆有此調	沈子勺	啄木兒	黃鶯兒						
C255 黃鐘	啄木叫畫眉	聽字唱作平聲，方與人生怎全字相協，不可認作去聲	祝希哲作，咏畫眉事	啄木兒	畫眉序						
C256 黃鐘	啄木江兒水	新入犯仙呂入雙調	夢花酣	啄木兒	江兒水						
C257 黃鐘	三啄雞	新入	夢花酣	三段子	啄木兒	鬪雙雞					
C258 黃鐘	三段催		題紅記	三段子	鮑老催						

C259 黃鐘	三段滴溜	新入	情緣記	三段子	滴溜子						
C260 黃鐘	歸朝出隊	新入	蕉帕記單槎仙作	歸朝歡	出隊子						
C261 黃鐘	歸朝神仗	新入	鷫鸘裘	歸朝歡	神仗兒						
C262 黃鐘	黃龍醉太平	新入。犯正宮	秣陵春（新傳奇）	降黃龍	醉太平						
C263 黃鐘	黃龍醉太平（又一體）		散曲幽窗下第三四段	降黃龍換頭	醉太平						
C264 黃鐘	黃龍捧燈月		黃孝子	降黃龍	燈月交輝						
C265 黃鐘	太平花	新入	王伯良譜韓夫人詩餘	太平歌頭	賞宮花	太平歌尾					
C266 黃鐘	漏春眉		拜月亭	玉漏遲序	絳都春序	畫眉序					
C267 黃鐘	仙燈炤畫眉	馮補	祝枝山咏畫眉	翫仙燈	畫眉序						
C268 越調	霜蕉葉		丹晶墜沈蘇門作	霜天曉角	金蕉葉						
C269 越調	山桃紅		琵琶記	下山虎頭	小桃紅中	下山虎尾					
C270 越調	山虎嵌蠻牌		十孝記此演郭巨之孝	下山虎頭	蠻牌令	下山虎尾					
C271 越調	番山虎	新入	牡丹亭	蠻牌令	下山虎	憶多嬌合					
C272 越調	番山虎（又一曲）	新入	牡丹亭	下山虎	憶多嬌合						
C273 越調	番山虎（又一體）	新入	鸞鎞記葉桐柏作	下山虎	憶多嬌						
C274 越調	蠻山憶	新入	同夢記即串本牡丹亭	蠻牌令	下山虎	憶多嬌合					
C275 越調	二犯排歌		拜月亭								
C276 越調	亭前送別		十孝記	亭前柳	江頭送別						
C277 越調	亭柳帶江頭	新入	翠屏山	亭前柳	江頭送別						
C278 越調	別繫心	新入	沈偶僧寄贈	江頭送別	繫人心						

C279 越調	蠻牌嵌寶蟾		劉盼盼	蠻牌令	鬪寶蟾						
C280 越調	憶花兒		劉盼盼	憶多嬌	梨花兒						
C281 越調	憶鶯兒	犯商調	繡襦記	憶多嬌	黃鶯兒						
C282 越調	山下夭桃	以下新入	認氈笠三曲楊景夏作	下山虎	小桃紅						
C283 越調	南樓蟾影	以下新入	認氈笠三曲楊景夏作	雁過南樓	鬪寶蟾						
C284 越調	帳裏多嬌	以下新入	認氈笠三曲楊景夏作	羅帳裏坐	憶多嬌						
C285 越調	小桃下山	以下新入	沈治佐賦乙酉近事	小桃紅	下山虎						
C286 越調	五般韻美	以下新入	沈治佐賦乙酉近事	五般宜	五韻美						
C287 越調	醉過南樓	以下新入	沈治佐賦乙酉近事	醉娘子	雁過南樓						
C288 越調	送別江神	以下新入	沈治佐賦乙酉近事	江頭送別	江神子						
C289 商調	山羊轉五更	犯南呂	十孝記此演緹縈救父	山坡羊	五更轉						
C290 商調	山羊轉五更（又一體）	新入	王伯良譜辛幼安詩餘	山坡羊	五更轉						
C291 商調	山羊轉五更（又一體）	新入	徐深明作吳郡人	山坡羊	五更轉						
C292 商調	山羊轉五更（又一體）	新入	秣陵春	山坡羊頭	五更轉中	山坡羊					
C293 商調	二犯山坡羊	新入	梅映蟾代友寄別園亭	山坡羊	金梧桐	五更轉	山坡羊尾				
C294 商調	水紅花犯	不知犯何調	梁伯龍相逢久套								
C295 商調	紅葉襯紅花	新入	金明池	紅葉兒	水紅花						
C296 商調	梧葉襯紅花	新入	王伯良譜秦少游贈妓	梧葉兒	水紅花						

C297 商調	梧葉墮羅袍	新入。犯仙呂	王伯良譜秦少游贈妓	梧葉兒	皀羅袍						
C298 商調	梧蓼弄金風	犯仙呂入雙調。馮云末句本該六字，今將不覺二襯字，改作正書，詳柳搖金註中	黃孝子	梧葉兒	水紅花	柳搖金					
C299 商調	梧蓼金羅	俗作金井水紅花，今改定	白兔記	梧葉兒	水紅花	柳搖金	皀羅袍合				
C300 商調	梧蓼金坡	新入。犯雙調	勘皮靴	梧葉兒	水紅花	柳搖金	山坡羊				
C301 商調	清商十二音	新入	乞麾記卜藍水作	梧葉兒	黃鶯兒	集賢賓	貓兒墜	二郎神	山坡羊	金梧桐	字字錦
				鶯啼序	囀林鶯	水紅花	簇御林				
C302 商調	梧桐枝	馮補，犯仙呂入雙調	永團圓	梧桐花	玉嬌枝						
C303 商調	金梧繫山羊		十孝記	金梧桐	山坡羊						
C304 商調	金絡索	或作金索掛梧桐，非也。馮以相將半載一句，連下句作針線箱，以傷情處二句，改作索兒序，謂原註三字作解三酲，七字句作懶畫眉，及查與牧羊記索兒序後二句正協，且曲名有索字，無疑也。予不輒改，仍從舊式，其索兒序一調，另增入以備考	詐妮子傳奇	金梧桐	東甌令	針線箱	解三酲	懶畫眉	寄生子		
C305 商調	金甌線解酲	又有一調，自解三酲以上皆同，而解三酲只用三字一句，以後卻只用懶畫眉一句作住頭，甚覺無收拾，故不錄。	周孝子	金梧桐	東甌令	針線箱	解三酲				
C306 商調	梧桐樹犯	馮只將如何二字作襯，點板教字上，而得字無板	陳大聲因他消瘦套	梧桐樹	五更轉						
C307 商調	梧桐半折芙蓉花	芙蓉花不知何調	金印記	梧桐樹	以○斷開，未標何調						
C308 商調	梧桐滿山坡	新入	西樓記	梧桐樹	山坡羊						
C309 商調	金梧落五更	新入。犯南呂	西樓記	金梧桐	五更轉						
C310 商調	金梧落粧臺	新入，末犯仙呂	沈氏幽芳咏佛手柑	金梧桐	傍粧臺						
C311 商調	梧桐秋夜打瑣窗	新入，可入南呂	王伯良作	梧桐樹	秋夜月	瑣窗寒					

C312 商調	二賢賓		鸞井記	二郎神	集賢賓					
C313 商調	二鶯兒		周孝子	二郎神換頭	黃鶯兒	二郎神				
C314 商調	二鶯兒（又一體）	新入	一合相沈蘇門作	二郎神換頭	黃鶯兒	二郎神				
C315 商調	二犯二郎神		復落娼（傳奇）	鶯啼序	集賢賓	二郎神				
C316 商調	集賢聽黃鶯		散曲鸚鵡報春晴套	集賢賓	黃鶯兒					
C317 商調	集賢雙聽鶯	新入	沈伯明南郭夜坐遣悶	集賢賓	黃鶯兒	集賢賓	黃鶯兒			
C318 商調	集鶯郎	新入	摘金園顧來屏作	集賢賓	鶯啼序	二郎神				
C319 商調	集賢伴公子	新入。犯商調	散曲	集賢賓	醉公子					
C320 商調	三犯集賢賓	新入。犯黃鐘及仙呂	鴛鴦棒	簇御林	啄木兒	四時花	集賢賓			
C321 商調	黃鶯叫集賢	新入	散曲	黃鶯兒	集賢賓					
C322 商調	黃鶯逐山羊	新入	王伯良譜韓夫人春情	黃鶯兒	山坡羊					
C323 商調	鶯貓兒	新入	萬事足	黃鶯兒	貓兒墜					
C324 商調	鶯貓兒（又一體）	新入	丹晶墜	黃鶯兒	貓兒墜					
C325 商調	雙文弄	新入	鴛鴦棒	黃鶯兒	鶯啼序	黃鶯兒				
C326 商調	四犯黃鶯兒	前六句皆黃鶯兒，後面止三句，卻云四犯，殊不可曉，姑仍舊名。近來諸說紛紛，總未的卻。	拜月亭	未標所犯曲牌						
C327 商調	鶯花皂	犯仙呂。原註中段未查，今從馮稿註明改板	張伯起作	黃鶯兒	簇御林	一封書	四時花	皂羅袍		
C328 商調	鶯簇一金羅	新入。犯仙呂	金明池	黃鶯兒	簇御林	一封書	金鳳釵	皂羅袍		
C329 商調	黃鶯穿皂羅	犯仙呂	散曲	黃鶯兒	皂羅袍					
C330 商調	黃鶯穿皂羅（又一體）	新入	南柯夢	黃鶯兒	皂羅袍	黃鶯兒				

C331 商調	黃鶯帶一封	犯仙呂	散曲	黃鶯兒	一封書						
C332 商調	黃鶯玉肚兒	新入。犯仙呂入雙	牡丹亭	黃鶯兒	玉抱肚	黃鶯兒					
C333 商調	囀鶯兒	新入。此調倣囀林鶯而作，如明珠、浣紗皆然，乃末三句眞犯黃鶯兒矣，恐其混于琵琶記正調，特改正其名而備錄于譜。	玉合記梅禹金作	囀林鶯	黃鶯兒						
C334 商調	攤破簇御林	犯黃鐘。與原本黃孝子曲同體，可入商黃調，佳詞也。	嬌紅記孟子塞作	簇御林頭	啄木兒	簇御林尾					
C335 商調	簇袍鶯	又名御袍黃，中犯仙呂	十孝記此演閔子之孝	簇御林	皀羅袍	黃鶯兒					
C336 商調	簇林鶯	新入	沈伯明驀地把愁擔套	簇御林	黃鶯兒						
C337 商調	簇林鶯（又一體）	新入	馮猶龍作	簇御林	黃鶯兒						
C338 商調	鶯啼集御林	新入。首句用六字亦可	風流夢馮猶龍改還魂	鶯啼序	集賢賓	簇御林					
C339 商調	鶯鶯兒	或作啼鶯兒	白兔記	鶯啼序	黃鶯兒合						
C340 商調	貓兒墜桐花		紅蕖記	琥珀貓兒墜	梧桐花						
C341 商調	貓兒入御林		王伯良二曲俱譜詩餘	貓兒墜	簇御林						
C342 商調	貓兒逐黃鶯	新入。凡曲中二調幾句相同者甚多，如黃鶯兒末三句與簇御林同只以霜字一板爲別，即如繡帶引一曲亦然，三籟何獨疑之，每苛求於詞隱先生，特未深思而得其故耳。王自註比前調多霜字一板。	王伯良二曲俱譜詩餘	貓兒墜	黃鶯兒						
C343 商調	貓兒墜梧枝	新入。末犯仙呂入雙調	西樓記	貓兒墜	梧桐花	玉交枝					
C344 商調	貓兒墜玉枝	犯仙呂入雙調。原載晚風吹雨一曲，固末二句雨字未協，以此曲易之，佳詞也。	西園記	貓兒墜	玉交枝						
C345 商調	貓兒來撥棹	新入，犯仙呂入雙調	醉月緣（傳奇）	貓兒墜	川撥棹						
C346 商調	貓兒拖尾	新入	丹晶墜	貓兒墜	尾聲						

C347 商調	字字啼春色	以下一套新入	甲申三月作	字字錦	鶯啼序	絳都春					
C348 商調	囀調泣榴紅	中犯中呂。以下一套新入	甲申三月作	囀林鶯	泣顏回	石榴花	水紅花				
C349 商調	雙梧秋夜雨	犯南呂及仙呂入雙。以下一套新入	甲申三月作	金梧桐	夜雨打梧桐						
C350 商調	雪簇望鄉臺	後犯仙呂。以下一套新入。滿園春又名雪獅子	甲申三月作	雪獅子	簇御林	望吾鄉	傍粧臺				
C351 商黃調	集賢聽畫眉		祝希哲作	集賢賓	畫眉序						
C352 商黃調	集鶯花		鄭孔目傳奇	集賢賓	黃鶯兒	賞宮花					
C353 商黃調	集鶯花（又一體）	新入	一合相	集賢賓	黃鶯兒	賞宮花					
C354 商黃調	鶯啼春色中		黃孝子	鶯啼序	絳都春合						
C355 商黃調	黃鶯學畫眉		散曲	黃鶯兒	畫眉序						
C356 商黃調	黃鶯學畫眉（又一體）	新入	邯鄲夢	黃鶯兒	畫眉序						
C357 商黃調	金衣插宮花	新入	沈伯明套內錄二曲	黃鶯兒	賞宮花						
C358 商黃調	御林叫啄木	新入	沈伯明套內錄二曲	簇御林	啄木兒						
C359 商黃調	鶯集御林春	原註云第一句亦不似鶯啼序句法，愚說如前，俟知音者參考，鄉字若用韻更妙。（引沈璟註）據馮註，三春柳末四句翡翠樓神仙蓋御河堤看金蓮並蒂開見黃鐘前註與你啼哭四曲正合，再查第一曲，他姓蔣世隆名中都路住是我男兒受儒業第三曲你休隨我跟腳久以後只當我男兒那枝葉第四曲思量起痛心酸他染病是我的男兒教我怎割捨句法俱協，云是徐于室所訂說與先詞隱不同，並存之	拜月亭	鶯啼序	集賢賓	簇御林	三春柳				
C360 商黃調	貓兒呼出隊		十孝記此演黃香之孝	貓兒墜	出隊子						
C361 商黃調	貓兒呼出隊（又一體）		夢花酣	貓兒墜	出隊子	貓兒墜					

C362 商黃調	貓兒趕畫眉	新入	散曲	貓兒墜	畫眉序						
C363 商黃調	二郎試畫眉	以下一套新入	王伯良寄都門同好	二郎神	畫眉序						
C364 商黃調	集賢觀黃龍	以下一套新入	王伯良寄都門同好	集賢賓	降黃龍						
C365 商黃調	啼鶯捎啄木	以下一套新入	王伯良寄都門同好	鶯啼序	啄木兒						
C366 商黃調	貓兒戲獅子	以下一套新入	王伯良寄都門同好	貓兒墜	獅子序						
C367 商黃調	御林轉出隊	以下一套新入	王伯良寄都門同好	簇御林	出隊子						
C368 雙調	錦堂月	（含換頭格）	琵琶記	晝錦堂	月上海棠						
C369 雙調	錦棠姐	新入	千金記	晝錦堂換頭	月上海棠	好姐姐					
C370 雙調	晝錦畫眉	新入犯黃鐘	改本還魂臧晉叔本	晝錦堂	畫眉序						
C371 雙調	醉僥僥	最喜是三襯字亦不可少	十孝記此演薛包之孝	醉公子換頭	僥僥令						
C372 雙調	醉僥僥（又一體）	新入	沈非病作旅情	醉公子換頭	僥僥令						
C373 雙調	公子醉東風	新入	張次璧作	醉公子換頭（地）	沉醉東風						
C374 雙調	鎖順枝	新入	鴛鴦棒	鎖南枝	孝順歌	鎖南枝					
C375 雙調	二犯孝順歌	新查註。原云中段不知何調，今查是五馬江兒水第四句至第七句一段	拜月亭	孝順歌	五馬江兒水	鎖南枝					
C376 雙調	孝南枝	即孝南歌	錦香亭	孝順歌	鎖南枝						
C377 雙調	孝順兒	第一句若不用韻更妙。向因坊本刻作孝順歌，人皆捩其腔以湊之，殊覺苦澀，近見刻本改做孝順兒，乃暢然矣。	琵琶記	孝順歌	江兒水						
C378 雙調	孝順兒（又一體）		黃孝子	孝順歌	江兒水						
C379 雙調	孝白歌	新入。曲名中白字，不知何指，官裡二句似朝元令，末句又不似，俟再考	牡丹亭	孝順歌	○						

C380 仙呂入雙調	桂花徧南枝		散曲	桂枝香	鎖南枝						
C381 仙呂入雙調	桂花徧南枝（又一體）		鑿井記	桂枝香	鎖南枝						
C382 仙呂入雙調	桂花徧南枝（又一體）	新入	沈建芳感懷岩桂堂作	桂枝香	鎖南枝						
C383 仙呂入雙調	桂月鎖南枝	新入	牡丹亭	桂枝香	月上海棠	鎖南枝					
C384 仙呂入雙調	柳搖金犯	舊題作柳搖金，今增一犯字。（柳搖金註云：舊譜乃犯別調者，今改正）	散曲	未標所犯曲牌							
C385 仙呂入雙調	淘金令	亦作金水令	牆頭馬上	金字令	五馬江兒水						
C386 仙呂入雙調	淘金令（又一體）	此以金字令全曲，帶五馬江兒水四句，觀此，益信綵樓曲爲金字令正調，無別犯也。	嬌紅記沈壽卿作	金字令	五馬江兒水						
C387 仙呂入雙調	淘金令（又一體）	新入，當名淘金令犯。此曲最似朝元令之首曲，然朝元令須作一套，若作淘金令則一二曲亦可錄之。	青衫記顧道行作	金字令	五馬江兒水	朝元令	柳搖金				
C388 仙呂入雙調	金柳嬌鶯	新入	夢花酣	金字令	柳搖金	嬌鶯兒					
C389 仙呂入雙調	金段子	新入。犯黃鐘。此段方與四塊金合	俞君宣作別思	四塊金	三段子						
C390 仙呂入雙調	金風曲	犯南呂	劉盼盼	四塊金	一江風						
C391 仙呂入雙調	金風曲（又一體）	馮云，沈註作四塊金，霜信二句如何協去？今改正，比前調更協	十孝記此演閔子騫之孝	金字令	一江風						
C392 仙呂入雙調	金風曲（又一體）	新入。此一江風從舊體	金明池	金字令	一江風						
C393 仙呂入雙調	江頭金桂	中段原註誤作柳搖金，今改正。此調予細考乃得之（沈頸註）。笑伊家短行，重疊一句亦可，但無情忒甚下，比書生愚見等曲少一句，想則誠因此曲乃三曲集成，或嫌其煩而刪去耳。	琵琶記	五馬江兒水	金字令	桂枝香					

C394 仙呂入雙調	二犯江兒水	新查註。此曲本南調（沈璟註）。今按此曲捱過今宵三句，原不似柳搖金，而末段亦不似五馬江兒水，乃從馮改明，庶幾合調耳。	散曲	五馬江兒水	金字令	朝天歌					
C395 仙呂入雙調	夜雨打梧桐	新分註(前一曲金字令註應注意）。原本未曾考定，今已註明，及查馮稿，云古人因事立名，或適聞夜雨打梧桐，遂以名詞，非必犯調也。原又金犯令一曲與此調同，不錄。	綵樓記	梧葉兒	水紅花	五馬江兒水	桂枝香				
C396 仙呂入雙調	水金令	原名金水令。此曲後將前金字令中金風冷颼颼已下五句合唱亦可	綵樓記	五馬江兒水	金字令						
C397 仙呂入雙調	水金令（又一體）	新入，此犯柳搖金，與前曲不同。凡犯柳搖金當以此曲後段爲正。	存孤記陸無從作	五馬江兒水	柳搖金						
C398 仙呂入雙調	重疊金水令	新入，如此六句，方與四塊金調合	生死夫妻范令香作	四塊金	五馬江兒水	朝元令	柳搖金	五馬江兒水			
C399 仙呂入雙調	金蓼朝元歌	新入	生死夫妻范令香作	銷金帳	水紅花	朝元令	朝天歌				
C400 仙呂入雙調	金馬朝元令	新入。末三句范稿亦誤作柳搖金，今改正	勘皮靴	金字令	五馬江兒水	朝元令	金字令				
C401 仙呂入雙調	梧蓼水銷香	首犯商調	未標	梧葉兒	五馬江兒水	銷金帳	桂枝香				
C402 仙呂入雙調	朝元令（其二換頭）	或作朝元歌，非也。按此套古本無之，故予考正琵琶記，不敢收入，然音律與荊釵相合，而更覺和協，亦非淺學所能撰也。第一闋乃朝元令本調，第二換頭依舊譜註明，但第三第四換頭，各比第三換頭不同，必自有說，今不敢妄爲解也。處馮稿及三籟俱逐段分註，因先辭隱不爲妄解，予仍舊式	琵琶記	五馬江兒水	朝天歌	朝元令本調					
C403 仙呂入雙調	風雲會四朝元	風雲會取一江風駐雲飛，尚餘四調，故云四朝元。原柳梢青一曲無板，且調不甚協，刪	琵琶記	五馬江兒水	桂枝香	柳搖金	駐雲飛	一江風	朝元令		
C404 仙呂入雙調	海棠醉東風		鑿井記	月上海棠	沉醉東風						
C405 仙呂入雙調	三月上海棠	新入	花筵賺	三月海棠	月上海棠						

C406 仙呂入雙調	三月姐姐	新入	夢花酣	三月海棠	好姐姐					
C407 仙呂入雙調	月上古江兒	新入	沈文人作月夜渡江	月上海棠	古江兒水					
C408 仙呂入雙調	錦香花	新入	邯鄲夢	錦上花	錦衣香	錦上花尾				
C409 仙呂入雙調	錦水棹	新入	邯鄲夢	錦衣香	漿水令	川撥棹				
C410 仙呂入雙調	六么梧葉	犯商調	陳巡簡	六么令	梧葉兒					
C411 仙呂入雙調	六么姐兒	犯商調	散曲	六么令	好姐姐	梧葉兒				
C412 仙呂入雙調	二犯六么令	後四句不知犯何調,姑缺之	拜月亭	六么令（堂）						
C413 仙呂入雙調	風入三松	新入	沈伯明翻北咏柳憶別	風入松前	急三槍	風入松後				
C414 仙呂入雙調	風送嬌音	或作風送蟬聲，非也	還魂記	風入松	惜奴嬌					
C415 仙呂入雙調	風入園林	新入	紅絲記	風入松	園林好					
C416 仙呂入雙調	姐姐插海棠		沈伯英作	好姐姐	月上海棠					
C417 仙呂入雙調	姐姐帶五馬	新入	鴛鴦棒	好姐姐	五馬江兒水					
C418 仙呂入雙調	姐姐帶撥棹	新入	馮猶龍作	好姐姐	川撥棹					
C419 仙呂入雙調	姐姐棹僥僥	新入	夢花酣	好姐姐	川撥棹	僥僥令				
C420 仙呂入雙調	姐姐帶僥僥		散曲	好姐姐	僥僥令					
C421 仙呂入雙調	姐姐帶六么	新入	張次璧作	好姐姐	六么令					
C422 仙呂入雙調	姐姐寄封書	新入	王伯良作	好姐姐	一封書					

C423 仙呂入雙調	封書寄姐姐	新入	沈幽芳作詠紡紗女	一封書	好姐姐						
C424 仙呂入雙調	步步入江水	新入	望湖亭	步步嬌	江兒水						
C425 仙呂入雙調	步步入江水（又一體）	新入	王伯良譜葉道卿別詞	步步嬌	江兒水						
C426 仙呂入雙調	江水遶園林	新入	望湖亭	江兒水	園林好						
C427 仙呂入雙調	園林見姐姐	新入	望湖亭	園林好	好姐姐						
C428 仙呂入雙調	園林見姐姐	新入	一捧雪李玄玉作	園林好	好姐姐						
C429 仙呂入雙調	姐姐插嬌枝	新入	望湖亭	好姐姐	玉嬌枝						
C430 仙呂入雙調	姐姐插嬌枝	新入	夢花酣	好姐姐	玉嬌枝						
C431 仙呂入雙調	嬌枝連撥棹	新入	望湖亭	玉嬌枝	川撥棹						
C432 仙呂入雙調	嬌枝連撥棹	新入	夢花酣	玉嬌枝	川撥棹						
C433 仙呂入雙調	步扶歸	新入	勘皮靴	步步嬌	醉扶歸						
C434 仙呂入雙調	步入園林	新入	丹晶墜	步步嬌	園林好						
C435 仙呂入雙調	沉醉海棠		崔護舊傳奇	沉醉東風	月上海棠						
C436 仙呂入雙調	沉醉海棠（又一體）		十孝記此演黃香之孝	沉醉東風	月上海棠						
C437 仙呂入雙調	沉醉海棠（又一體）		鑿井記	沉醉東風	月上海棠						
C438 仙呂入雙調	沉醉海棠（又一體）	新入	王伯良作夜宿妓館	沉醉東風	月上海棠						

C439 仙呂入雙調	東風江水		散曲沈蘇門青樓怨	沉醉東風	江兒水						
C440 仙呂入雙調	園林沉醉		風教編	園林好	沉醉東風						
C441 仙呂入雙調	園林沉醉（又一體）	新入	翠屏山	園林好	沉醉東風						
C442 仙呂入雙調	園林沉醉（又一體）	新入	紅梨花傳奇	園林好	沉醉東風						
C443 仙呂入雙調	園林醉海棠	新入	金鈿盒傳奇	園林好	沉醉東風	月上海棠					
C444 仙呂入雙調	園林帶僥僥		沈伯英	園林好	僥僥令						
C445 仙呂入雙調	園林帶僥僥（又一體）	新入	沈龍媒作遇豔即事	園林好	僥僥令						
C446 仙呂入雙調	江水撥棹		鑿井記	江兒水	川撥棹						
C447 仙呂入雙調	五供養犯	（沈璟註）	琵琶記	五供養	月上海棠						
C448 仙呂入雙調	五枝供		鑿井記	五供養頭	玉嬌枝	五供養尾					
C449 仙呂入雙調	二犯五供養	此記與琵琶記皆古曲，觀此五供養與月上海棠合調，益信貧窮老漢末句亦犯月上海棠矣。	周孝子	五供養	玉交枝	五供養	月上海棠				
C450 仙呂入雙調	五玉枝	新入	俞君宣作	五供養	玉交枝						
C451 仙呂入雙調	玉枝供	新入	王厚之作繡鞋傳杯	玉交枝	五供養						
C452 仙呂入雙調	玉枝供（又一體）	新入。原句誤刻幾字，稍爲改定	一捧雪李玄玉作	玉交枝	五供養						
C453 仙呂入雙調	玉枝帶六么		伯英	玉交枝	六么令						
C454 仙呂入雙調	玉枝帶六么（又一體）		夢花酣	玉交枝	六么令						

C455 仙呂入雙調	玉雁子	犯正宮。	琵琶記	玉交枝頭	雁過沙中	玉交枝尾					
C456 仙呂入雙調	玉嬌鶯	新入犯商調	畫中人吳石渠作	玉嬌枝	黃鶯兒						
C457 仙呂入雙調	玉嬌海棠	以下新入	堪皮靴三曲同	玉嬌枝	月上海棠						
C458 仙呂入雙調	僥僥撥棹	以下新入	堪皮靴三曲同	僥僥令	川撥棹						
C459 仙呂入雙調	撥棹供養	以下新入	堪皮靴三曲同	川撥棹	五供養						
C460 仙呂入雙調	玉肚交	此調與千金記胸中豪氣相同	白兔記	玉抱肚	玉交枝						
C461 仙呂入雙調	玉山供	（引沈璟註）。供或作頹，非也	琵琶記	玉抱肚	五供養						
C462 仙呂入雙調	雙玉肚	新入	雙遇焦吳千頃作	玉抱肚	五供養	玉抱肚					
C463 仙呂入雙調	玉抱金娥	新入	沈雲襄遊燕作	玉抱肚	金娥神曲	玉抱肚					
C464 仙呂入雙調	玉么令	新入	花眉旦博山堂未刻稿	玉抱肚	六么令						
C465 仙呂入雙調	玉供鶯	新入犯商調下同	紫釵記	玉抱肚	五供養	黃鶯兒					
C466 仙呂入雙調	玉鶯兒	新入犯商調	紫釵記	玉抱肚	黃鶯兒						
C467 仙呂入雙調	撥棹入江水		伯英	川撥棹	江兒水						
C468 仙呂入雙調	撥棹帶僥僥	新入	紅梨花	川撥棹	僥僥令						
C469 仙呂入雙調	撥棹帶僥僥（又一體）	新入	勘皮靴	川撥棹換頭	僥僥令						
C470 仙呂入雙調	撥棹姐姐	新入	丹荊墜	川撥棹換頭	好姐姐						

C471 仙呂入雙調	好不盡	新入	丹荊墜	好姐姐	尾聲						
C472 仙呂入雙調	三枝花	新入	沈長文泣咏近事	三月海棠	玉嬌枝	武陵花					
C473 仙呂入雙調	八仙過海	新入	高玄齋咏庭松為壽	八聲甘州	月上海棠						
C474 仙呂入雙調	步月兒	新入	顧元喜作麗情	步步嬌	月兒高						
C475 仙呂入雙調	玉桂枝	新入	吳古還作閨思	玉抱肚	桂枝香	瑣南枝					
C476 雜調	四換頭	前四句似一封書，其餘三調未敢妄註	荊釵記	未標所犯曲牌							
C477 雜調	七賢過關	不知犯何七調。此調極似金絡索，但末句不相似耳	殺狗記	未標所犯曲牌							
C478 雜調	七賢過關（又一體）		新合鏡記	未標所犯曲牌							
C479 雜調	七賢過關（又一體）	新分註。原未查明，今分註似此亦合	雍熙樂府	金梧桐	黃鶯兒	五更轉	懶畫眉	針線箱	皂羅袍	桂枝香	
C480 雜調	二犯朝天子	（引沈璟註）	金印記								
C481 雜調	二犯朝天子（又一體）	此調不如前曲之完全	玉合記	未標所犯曲牌							
C482 雜調	清商七犯	似屬商調	黃孝子	未標所犯曲牌							
C483 雜調	一秤金	此調是十六調合成，故名一秤金，但前五句是桂枝香，以後俱未知何調，今○訛以傳訛，板亦不同也。	牧羊記	未標所犯曲牌							
C484 雜調	步金蓮	後半甚明，當○南呂，但前半又不似步步嬌，不知當入何調，姑錄於此。原有六犯清音一曲，律錯韻雜，調既不接，詞又不稱，原云眞可刪也，特去之，作者不可再倣其體	還魂記		金蓮子						
C485 雜調	七犯玲瓏	犯商調仙呂。此調舊譜所無，想自希哲創之，但梧葉兒全不似，又且……	祝希哲作	香羅帶	梧葉兒	水紅花	皂羅袍	桂枝香	排歌	黃鶯兒	

C486 雜調	九迴腸	用仙呂南呂雙調	張伯起作	解三醒	三學士	急三槍					
C487 雜調	巫山十二峰	與詩餘不同。以上皆原集，以下皆新錄	梁伯龍作	三仙橋	白練序	醉太平	普天樂	犯胡兵	香遍滿	瑣窗寒	劉潑帽
				三換頭	賀新郎	節節高	東甌令				
C488 雜調	五色絲	此調創自紅絲記，恨其全不知韻，故不錄。採此新詞爲式	尤伯諧作	白練序	黃鶯兒	青歌兒	紅芍藥	黑麻序			
C489 雜調	鶯啄羅		雙金榜簒阮大鋮作	黃鶯兒	啄木兒	皀羅袍					
C490 雜調	六犯清音（另一體）		沈長康乙酉避亂思歸	梁州序	浣溪沙	針線箱	皀羅袍	排歌	桂枝香		
C491 雜調	新樣四時花		沈君庸燕都上元贈妓	小桃紅	紅芍藥	石榴花	水紅花	玉芙蓉	梅花塘	水仙子	
C492 雜調	白樂天九歌		王伯良作麗情	白練序	昇平樂	朝天子	解三醒	三學士	急三鎗		
C493 雜調	鶯滿園林二月花		麗島媒傳奇沈友聲作	鶯啼序	囀林鶯	滿園春	園林好	二郎神	月上海		
C494 雜調	五月紅樓別玉人	王伯良方諸樂府皆絕妙好辭，惜未盡刻行	王伯良作贈別	五供養	月上海棠	紅娘子	雁過南樓	江頭送別	玉嬌枝	人月圓	
C495 南呂	繡太平	換頭亦用兩字起，如前「休迷」句法，故不錄	韓玉箏	繡帶兒	醉太平						

四、《南曲九宮正始》

宮調歸屬	集曲名	說明文字	例曲來源	本調1	本調2	本調3	本調4	本調5	本調6	本調7	本調8
D001 黃鐘	畫角序	俗謂獅子序，本調大謬	明珠記	畫眉序	掉角兒	獅子序					
D002 黃鐘	畫眉啄木	此末三句，今或作好姐姐亦可，但黃鍾雙調難以出入，今啄木兒即本宮。	千金記	畫眉序	啄木兒						
D003 黃鐘	啄木鸝	此黃鶯兒蔡伯喈體	蔡伯喈	啄木兒	黃鶯兒						
D004 黃鐘	啄木鸝（第二格）	此黃鶯兒王十朋體	尋親記	啄木兒	黃鶯兒						
D005 黃鐘	絳都春犯（有前腔）	此調之合頭犯【疎影】，迺元譜之「同雲布密」二曲···	劉智遠	絳都春序	（合）疎影						

D006 黃鐘	絳玉序		黃孝子	絳都春序	玉翼蟬	畫眉序					
D007 黃鐘	燈月交輝		李寶	翫仙燈	月上海棠						
D008 黃鐘	燈月交輝（第二格）	玩仙燈第二第四句變，但此句法多用於犯調，本調罕有之	磨勒盜紅綃	翫仙燈	月上海棠						
D009 正宮	破鶯陣			喜遷鶯	破陣子						
D010 正宮	破齊陣		蔡伯喈	破陣子	齊天樂	破齊陣					
D011 正宮	朱奴插芙蓉		雲雨阻巫峽	朱奴兒	玉芙蓉						
D012 正宮	雁來紅	雁過沙從首句起	瓦窯記	朱奴兒	雁過沙	朱奴兒					
D013 正宮	雁來紅（前腔第二格）	此格所犯雁過沙從第三句起	瓦窯記	朱奴兒	雁過沙	朱奴兒					
D014 正宮	二紅郎	向題作懶朝天，今查正	拜月亭	福馬郎	水紅花	南呂宮紅芍藥					
D015 正宮	花郎兒	俗謂二犯朝天子，謬。此調按凍蘇秦原本每曲之下半截尚有北調【紅衫兒】一闋，古人所謂南北合調者也，向被改本《金印記》直削去，致今人皆不識其全調，合附補於下，以備好學者識之。	凍蘇秦	福馬郎	水紅花	紅衫兒					
D016 正宮	刷子帶芙蓉	首句效上調句法（按：刷子序第二格），時譜疑犯他調，非	不知姓氏	刷子序	玉芙蓉						
D017 正宮	傾杯賞芙蓉	首二句句義說見上陳巡檢傾杯序下	綱常記	傾杯序	玉芙蓉						
D018 正宮	普天樂犯		雲雨阻巫峽	普天樂	玉芙蓉						
D019 正宮	秦娥樂		綱常記	普天樂	泣秦娥						
D020 正宮	顏回樂		夜遲遲	普天樂	泣顏回						
D021 正宮	天燈照魚雁		舞榭歌臺	普天樂	漁家傲	剔銀燈	雁過聲				
D022 正宮	天燈魚雁對芙蓉		雲雨阻巫峽	普天樂	漁家傲	剔銀燈	雁過聲	玉芙蓉			
D023 正宮	雁漁錦		蔡伯喈	雁過聲全							

D024 正宮	二犯漁家傲	此調按蔣沈二譜知總題，雖亦二犯漁家傲，但不分題析調，致今人無識其詳耳・・・	同前（蔡伯喈）	雁過聲換頭	漁家傲	小桃紅	雁過聲				
D025 正宮	雁漁序	俗名二犯漁家燈，燈字何屬。此調蔣沈二譜皆曰二犯漁家燈，據漁家燈即犯調，俟何又有他犯乎？且其燈字亦無謂，按今古本之傾杯序，不惟仍在本宮，且又統聯七句四字，妙極	同前（蔡伯喈）	雁過聲換頭	漁家傲	傾杯序	雁過聲				
D026 正宮	漁家喜雁燈	俗名喜魚燈，遺卻雁字	同前（蔡伯喈）	雁過聲換頭三	喜還京	漁家傲	剔銀燈	雁過聲			
D027 正宮	錦纏雁		同前（蔡伯喈）	錦纏道	雁過聲						
D028 正宮	錦纏樂		劉智遠	錦襌道	普天樂						
D029 正宮	錦庭樂		樂府群珠	錦纏道	滿庭芳						
D030 正宮	錦庭樂（第二格）		寶劍記	錦纏道	滿庭芳	普天樂					
D031 正宮	錦庭芳		賽金蓮	錦纏道	滿庭芳						
D032 正宮	錦梁州		樂府群珠	錦纏道	梁州序						
D033 正宮	錦榴花	又名榴花錦	折梅逢使	錦纏道	石榴花	錦纏道					
D034 正宮	錦漁兒		西廂記	錦纏道	漁家傲	粉孩兒					
D035 正宮	錦中拍		同前（西廂記）	錦纏道	催拍	錦纏道					
D036 正宮	錦前拍	錦纏道末二句，催拍即拜月亭格	同前（西廂記）	催拍	錦纏道						
D037 正宮	錦後拍		同前（西廂記）	錦纏道	催拍						
D038 正宮	三字令過十二嬌	嬌或作橋，誤。（說名長，見譜）	失名氏	三字令	十二嬌						
D039 仙呂	樂安歌	第二句變爲八字二句，此類頗多，凡四患頭耑用此體	驚一葉墜井	樂安神全	排歌						
D040 仙呂	四換頭	此格四體皆全調，後用排歌爲合頭	岳陽樓	一封書全	排歌	皂羅袍全	排歌	勝胡蘆全	排歌	樂安神全	排歌
D041 仙呂	四換頭第二格		王十朋	一封書全	望吾鄉	皂羅袍	勝胡蘆	一封書	一封書全	望吾鄉	皂羅袍
				勝葫蘆	一封書						

D042 仙呂	月雲高	月兒高西廂格	蔡伯喈	月兒高	渡江雲						
D043 仙呂	月雲高（第二格）	第七句減爲四字，此句句法止見於犯調	同前（蔡伯喈）	月兒高	渡江雲						
D044 仙呂	二犯月兒高		樂府群朱	月兒高	五更轉	紅葉兒	月兒高				
D045 仙呂	二犯月兒高（第二格）		周子隆	月兒高	五更轉	誤佳期）	月兒高				
D046 仙呂	月上五更		高文舉	月兒高	五更轉						
D047 仙呂	月照山		雙忠記	月兒高	山坡羊						
D048 仙呂	月下佳期		凍蘇秦	月兒高	誤佳期						
D049 仙呂	醉歸月下	桂枝香亦名月中花，與羽調月中花不同	劉智遠	醉扶歸	桂枝香	醉扶歸					
D050 仙呂	醉花雲		曹含齋撰	醉扶歸	錦添花						
D051 仙呂	醉歸花月渡		樂府群珠	醉扶歸	錦添花	月兒高	渡江雲				
D052 仙呂	傍粧臺犯（含前腔換頭）		趙氏孤兒	傍粧臺	八聲甘州	傍粧臺					
D053 仙呂	二犯傍粧臺（含前腔換頭）	此所犯之掉角兒，時譜誣爲皀羅袍，豈不知皀羅袍之四字句倒必四字一聯，合止犯二句乎？	王十朋	傍粧臺	八聲甘州	掉角兒					
D054 仙呂	二犯傍粧臺（第二格）	首句五字四曲皆然，且第三句變爲七字	張子房	傍粧臺	八聲甘州	掉角兒	傍粧臺				
D055 仙呂	掉角望鄉	第八句變七字元詞，儘有此體，但多見於犯調	酷暑炎威	掉角兒	望吾鄉						
D056 仙呂	二犯掉角兒		翫嬋娟	掉角兒	排歌	十五郎					
D057 仙呂	甘州八犯		寶劍記	八聲甘州	解三醒	一盆花	四邊靜	八聲甘州			
D058 仙呂	甘州歌（含前腔換頭）		蔡伯喈	八聲甘州	排歌						
D059 仙呂	解醒帶甘州		風兒（陳大聲撰）	解三醒	八聲甘州						
D060 仙呂	解醒歌		陶學士	解三醒	排歌						

D061 仙呂	解袍歌		明珠記	解三醒	皀羅袍	排歌					
D062 仙呂	六花袞風前	俗名九迴腸，謬。	張伯起撰（小令）	解三醒	三學士	黃龍袞	風入松				
D063 仙呂	桂花袍		還帶記	桂枝香	錦添花	皀羅袍	桂枝香				
D064 仙呂	一秤金	按此調必是十六調合成者，故名一秤金也，但前五句分明是桂枝香，以後俱未知何調，今人皆以訛傳訛，唱之點板亦皆不周，難信也	牧羊記								
D065 仙呂	四時花	俗名四季花	無意理雲鬟	惜黃花	間花袍	錦添花	一盆花				
D066 仙呂	間花袍	意名皀羅袍，比前上元格第二句不同	無意理雲鬟	間花袍	錦添花						
D067 仙呂	一盆花		無意理雲鬟	一盆花	錦添花						
D068 仙呂	惜黃花		無意理雲鬟	惜黃花	錦添花						
D069 仙呂	第三格（名稱待查）	此調與第一格犯名互倒，且以勝如花代易間花袍	尋親記	錦添花	勝如花						
D070 中呂	金孩兒	縷縷金乃拜月亭格，但減去第六四字一句。按此般涉調之耍孩兒僅見於此犯調，其全本調雖見於元譜目中，然其本調詞曲未嘗有之，故今無從考訂	夜遲遲	縷縷金	般涉調耍孩兒						
D071 中呂	花犯撲燈蛾	亦名海棠枝上撲燈蛾，一名鮑老催撲燈蛾，又名麥裡蛾	蘇小卿	撲燈蛾	花犯	撲燈蛾					
D072 中呂	花犯撲燈蛾（第二格）	首句上增二字一句，末段復與腹中同文，此體元詞儘有	薛芳卿	撲燈蛾	花犯	撲燈蛾					
D073 中呂	花犯撲燈蛾（第三格）	此格第五句用也字煞，且減去花犯及後段元詞不儘用	思憶初春	撲燈蛾	花犯	撲燈蛾					
D074 中呂	尾犯芙蓉		十孝記	尾犯序	玉芙蓉						
D075 中呂	榴花泣	一名栽花回，又名三犯石榴花，因泣顏回本題又名杏壇三操故，非犯三調也	王十朋	石榴花	泣顏回						
D076 中呂	榴花泣（第二格）	石榴花，馬魁體，泣顏回，陳叔文格	樂府群珠	石榴花	泣顏回						
D077 中呂	三花兒	杏壇三操，即泣顏回，和佛兒及大和佛	趙光普	石榴花	杏壇三操						

D078 中呂	花堤馬		鄭孔目	石榴花	駐馬聽						
D079 中呂	泣刷天燈	沈譜曰，舊譜及舊戲曲皆無此詞，惟蔣譜中之東野翠烟消一曲，舊題曰好事近，實則泣顏回也，今既正之…	難禁缺月	泣顏回	刷子序	普天樂					
D080 中呂	漁家雁	亦名漁雁傳書	王十朋	漁家傲	雁過聲						
D081 中呂	漁家燈（含前腔）	漁家傲李勉格，剔銀燈拜月亭格	王十朋	漁家傲	剔銀燈						
D082 中呂	漁家燈（第二格）	漁家傲拜月亭格，從第一句起	許盼盼	漁家傲	剔銀燈						
D083 中呂	漁家燈（第三格）	漁家傲拜月亭格，從第四句起俗名喜漁燈，誤	教人對景	漁家傲	剔銀燈						
D084 中呂	漁燈花	漁家傲拜月亭格，從首句起石榴花陳叔文格	王煥	漁家傲	剔銀燈	石榴花					
D085 中呂	漁燈花（第二格）	漁家傲與本格同，石榴花教人對景格	同前（王煥）	漁家傲	剔銀燈	石榴花					
D086 中呂	漁燈花（第三格）	漁家傲李勉格，從第六句起石榴花劉智遠格	王祥	漁家傲	剔銀燈	石榴花					
D087 中呂	三漁看燈花	漁家傲拜月亭格，第四句起泣顏回，薛雲卿格，石榴花看錢奴格	折梅逢使	漁家傲	杏壇三操	剔銀燈	石榴花				
D088 中呂	剔燈花	又名榴花燈	折梅逢使	剔銀燈	石榴花						
D089 中呂	錦漁燈（含前腔第二）		西廂記	剔銀燈	漁家傲						
D090 中呂	山漁掛榴燈	此調始末皆山花子，中犯漁家傲及剔銀燈，又石榴花皆中呂宮之調，時調何以置於正宮且又題作山漁燈而遺怯石榴花耶	黃孝子	山花子	漁家傲	剔銀燈	石榴花	山花子			
D091 中呂	駐馬摘金桃		劉智遠	駐馬聽	金娥神曲	櫻桃花					
D092 中呂	番馬舞秋風		張浩	駐馬聽	一江風						
D093 中呂	馬啼花		柳耆卿	駐馬聽	石榴花						
D094 南呂	折腰一枝花		點檢名園	一枝花	戀芳春	惜春慢	一枝花				

D095 南呂	女臨江		王十朋	小女冠子	臨江仙						
D096 南呂	臨江梅		王十朋	臨江仙	一剪梅						
D097 南呂	臨江梅（第二格）		詐妮子	一剪梅	臨江仙						
D098 南呂	七犯玲瓏	沈譜曰此調舊譜所無，自希哲創之也，但梧葉兒三句全不似，又且商調與仙呂出入者也，況梧葉兒一調，元明詞共有五六體，今詞隱先生於譜中止收得改本荊釵記之一格，且非古本原文，致不識今本曲所犯乃元傳奇劉智遠之梧葉兒	樂府群珠	香羅帶	梧葉兒	水紅花	皂羅袍	桂枝香	排歌	黃鶯兒	
D099 南呂	九疑山		梁伯龍	香羅帶	犯胡兵	懶畫眉	醉扶歸	梧桐樹	瑣窗寒	大迓鼓	針線箱
				劉潑帽							
D100 南呂	羅帶兒	梧葉兒綵樓格，但此家無主六字彼有五箇字	拜月亭	香羅帶	梧葉兒						
D101 南呂	香風俏臉兒		黃孝子	香羅帶	刮北風	黃鶯兒					
D102 南呂	羅江怨		蘇武	香羅帶	一江風	怨別離					
D103 南呂	羅江怨（第二格）	此調今皆認爲楚江情，大謬，香羅帶張寶格	凝雲奇遠	香羅帶	一江風	怨別離					
D104 南呂	單調風雲會		竊符記	一江風	駐雲飛						
D105 南呂	香五更	沈譜曰前五句似犯香遍滿，末二句似犯賀新郎，即此二調，余自查出未敢明註也。殊不知元譜末二句仍即香遍滿，乃犯元傳奇瓦窯記	蔡伯喈	香遍滿	五更轉	香遍滿					
D106 南呂	香五娘	又名二香轉	木綿菴	香遍滿	五更轉	香柳娘					
D107 南呂	香雲轉月		綱常記	香遍滿	五更轉	月兒高	渡江雲				
D108 南呂	浣紗劉月蓮		樂府群珠	浣紗記	劉潑帽	秋夜月	金蓮子				
D109 南呂	滿園梧桐	與九宮商調梧桐花滿園不同	鸞凰同聘	滿園春	梧桐樹	滿園春					
D110 南呂	五更香		劉智遠	五更轉	香柳娘						

D111 南呂	五更馬	此調坊本作五更月，月字無謂，今勘得下六句雖與仙呂宮上馬踢恰合，故易其題爲五更馬	寶劍記	五更轉	上馬踢						
D112 南呂	八寶粧		樂府群珠	擊梧桐	滿園春	五更轉	懶畫眉	孤飛雁	浣紗溪	傍粧臺	香羅帶
D113 南呂	七賢過關		雍熙樂府	擊梧桐	滿園春	五更轉	一封書	浣紗溪	孤飛雁	香羅帶	
D114 南呂	金絡索	正又名金索掛梧桐	蔡伯喈	擊梧桐	東甌令	針線箱	金蓮子	懶畫眉	寄生子		
D115 南呂	金絡索（第二格）	此格之煞尾易作梧桐樹，今沈譜疑爲七賢過關，附於不知宮調內，誤	殺狗記	擊梧桐	東甌令	針線箱	金蓮子	懶畫眉	梧桐樹		
D116 南呂	金絡索（第三格）	此格共只五調，且以針線箱爲末尾，今沈譜題作金甌線解酲，不必	尋親記	擊梧桐	東甌令	懶畫眉	金蓮子	針線箱			
D117 南呂	梁州新郎（含前腔換頭第三）	第九句七字，第二曲亦然	陳大聲撰（散套）	梁州序	（合）賀新郎						
D118 南呂	梁州新郎（第二格，含前腔換頭第三）	第九句八字二句，第二曲亦然	蔡伯喈	梁州序	（合）賀新郎						
D119 南呂	梁州錦序		蝴蝶夢	梁州序	錦纏道						
D120 南呂	梁溪劉大娘		凝雲奇選	梁州序	浣紗溪	劉潑帽	大迓鼓	香柳娘			
D121 南呂	六犯清音		宮詞	梁州序	桂枝香	道和排歌	八聲甘州	恨蕭郎	黃鶯兒		
D122 南呂	繡太平		韓玉箏	繡帶兒	醉太平						
D123 南呂	三十腔		孟月梅	繡帶兒	大勝樂	梁州序	三學士	女冠子	懶畫眉	五更轉	瑣窗寒
				十五郎	賀新郎	獅子序	香遍滿	香羅帶	紅衫兒	繡衣郎	針線箱
				浣紗溪	東甌令	大迓鼓	阮郎歸	一江風	梧桐樹	孤飛雁	金蓮子
				太師引	劉潑帽	柰子花	刮鼓令	生姜芽	節節高		
D124 南呂	太師垂繡帶		十孝記	太師引	繡帶兒						
D125 南呂	醉太師		鑿井記	醉太平換頭	太師引						
D126 南呂	瑣窗郎（含前腔二種）		趙氏孤兒	瑣窗寒	阮郎歸						

D127 南呂	瑣窗樂		孟姜女	大聖樂	瑣窗寒						
D128 南呂	大寒花		寒風吹檻竹	大聖樂	瑣窗寒	柰子花					
D129 南呂	柰子宜春		十孝記	柰子花	宜春令						
D130 南呂	二犯獅子序		王魁	宜春令	獅子序	柰子花					
D131 南呂	二犯獅子序（第二格）	其次曲因犯調不同，故詳載後紅衫兒次	劉智遠	宜春令	繡帶兒	獅子序					
D132 南呂	三犯獅子序	此調今人無不謂其爲獅子序，本調冤哉。按元譜獅子序本調原屬南呂宮，且其章句與此絕不同，況今人識見者甚少，於黃鐘宮後稍有小辨，且有此刪彼收枝說，且恐後學未必信福	蔡伯喈	宜春令	繡帶兒	掉角兒	獅子序				
D133 南呂	紅獅兒		劉智遠	紅衫兒換頭	獅子序						
D134 商調	葉兒紅	梧葉兒蘇武格	相逢久	梧葉兒	水紅花						
D135 商調	金梧歌	六么歌即六么令別名	崔君瑞	梧葉兒	六么歌	淘金令					
D136 商調	桐花滿園		點檢名園	梧桐花	滿園春						
D137 商調	五羊裘	又名山樹轉五更	十孝記	山坡羊	五更轉						
D138 商調	五羊裘（第二格）		雙忠記	山坡羊	五更轉	山坡羊					
D139 商調	貓兒出隊		十孝記	貓兒墜	出隊子						
D140 商調	玉貓兒		彈指東君怨	貓兒墜	玉交枝						
D141 商調	御林鶯		相逢久	簇御林	黃鶯兒						
D142 商調	御林木		黃孝子	簇御林	啄木兒	簇御林					
D143 商調	御黃袍		十孝記	簇御林	皀羅袍	黃鶯兒					
D144 商調	清商七犯		黃孝子	簇御林	鶯啼序	高陽臺	貓兒墜	二郎神	集賢賓	梧葉兒	
D145 商調	黃鶯學畫眉		南詞盡在	黃鶯兒	畫眉序						

D146 商調	黃鶯帶一封		鸚鵡報春晴	黃鶯兒	一封書						
D147 商調	四犯黃鶯兒	末句王十朋格。沈譜曰，此調前六句分明皆黃鶯兒也，後面止有三句，卻云四犯，殊不可曉。姑仍舊名。此論毋怪詞隱先生實難說明也，余在齠年時亦常有此話柄，見其總題有四犯之說，妄以其首二句擬作簇御林，第三句爲集賢賓，腹中三句仍是黃鶯兒・・・	拜月亭	黃鶯兒	四邊靜	黃鶯兒					
D148 商調	四犯黃鶯兒（第二格）	按此調第二段而犯簇御林最當矣，但不應置之第二句，間犯第六句耳。如仍用簇御林第二句句法，其音律腔板俱協矣。願今撰此調審之，今之第二句而合元傳王十朋第六句曰：只圖箇耀父母揚名姓，二郎神合元傳蔡伯喈第三四句云：記翠鈿羅襦當日嫁，誰知他去後。是野	南詞盡在	黃鶯兒	簇御林	二郎神	貓兒墜	皀羅袍	黃鶯兒		
D149 商調	鶯花皀		張伯起作（散套）	黃鶯兒	囀林鶯	商調水紅花	仙呂入雙調水紅花	皀羅袍			
D150 商調	鶯啼御林	此調沈譜以其末三句擬作黃鶯兒，故總題曰鶯鶯兒，或又總題作題啼鶯兒，亦謂末犯是黃鶯兒也，余今按右本原題正此，蓋添王時彭之黃鶯兒一證也	劉智遠	鶯啼序	簇御林						
D151 商調	鶯集御林春	此調沈譜不收第一曲而收第二曲，且於末犯之三春柳曰：你啼哭爲何因，莫非是我男兒舊妻妾。下註曰：按三春柳據舊譜註作春三柳，今改正之耳。然三春柳本在黃鐘，句法皆不似此曲，後二句殊不可曉，又按此調第一曲及第四曲每曲後一句今人皆唱作二句，細查舊板拜月亭：中都路⋯	拜月亭	鶯啼序	集賢賓	簇御林	三春柳				
D152 商調	鶯集御林春（第二格）	此格之犯法互倒不同	寶劍記	鶯啼序	簇御林	三春柳	集賢賓				
D153 商調	二犯集賢賓	此義即黃鶯兒體末三句皆四字，用樂昌公主體	李婉	集賢賓	二郎神						
D154 商調	集鶯花		鄭孔目	集賢賓	黃鶯兒	賞宮花					

D155 商調	二集賢		鑿井記	二郎神	集賢賓						
D156 商調	二啼鶯（含前腔換頭）	按查黃鶯兒之四字句，儘有用仄韻者，亦有不用韻者，比如明傳其蘇武之憶鶯兒乃先天韻，即此二句……只此可知矣。今沈譜鄙其不協，置之不收，止收其換頭，且以其第五句鶯啼序并襯作黃鶯兒總題爲二鶯兒，誤之甚也	尋親記	二郎神	鶯啼序	黃鶯兒	二郎神				
D157 越調	憶鶯兒	黃鶯兒蔡伯喈體	繡襦記	憶多嬌	黃鶯兒						
D158 越調	憶鶯兒（第二格）	黃鶯兒王十朋體，四字二句不用韻者儘有，尋親記亦然	蘇武	憶多嬌	黃鶯兒						
D159 越調	憶花兒		劉盼盼	憶多嬌	梨花兒						
D160 越調	黑蠻牌	又名鬪蠻牌	劉智遠	蠻牌令	鬪黑麻						
D161 越調	桃花山	小桃紅涉蘇武拜月亭明珠記三格	尋親記	小桃紅	下山虎						
D162 越調	山桃紅	下山虎拜月亭體，小桃紅蘇武格	蔡伯喈	下山虎	小桃紅）	下山虎					
D163 越調	山虎嵌蠻牌	下山虎拜月亭體，第九句殺狗句法	薛雲卿	下山虎	蠻牌令						
D164 越調	山虎嵌蠻牌（第二格）	下山虎拜月亭體	十孝記	下山虎	蠻牌令	下山虎					
D165 越調	憶虎序	下山虎首二句拜月亭句法，下段殺狗記句法	王十朋	下山虎	獅子序	憶多嬌					
D166 越調	惜英臺（含前腔第二換頭、前腔第三換頭）		崔護	祝英臺	惜奴嬌						
D167 越調	惜英臺（換頭第二格）		失名	祝英臺換頭二	惜奴嬌						
D168 越調	絮英臺		失名	祝英臺換頭三	絮蝦蟆						
D169 越調	二犯排歌		拜月亭	越調排歌	江神子	園林杵歌					
D170 越調	亭前送別		十孝記	亭前柳	江頭送別						

D171 雙調	南枝歌	鎖南枝第四句四字句法僅見於此犯調	柳耆卿	鎖南枝	孝順歌						
D172 雙調	南枝映水清		拜月亭	鎖南枝	五馬江兒水	鎖南枝					
D173 雙調	孝南枝		陳大聲作	孝順歌	鎖南枝						
D174 雙調	孝南枝（第二格）		孟月梅	孝順歌	鎖南枝						
D175 雙調	孝順兒		蔡伯喈	孝順歌	江兒水						
D176 雙調	錦堂月（含前腔換頭）		蔡伯喈	晝錦堂	月上海棠						
D177 雙調	姐姐上錦堂		千金記	晝錦堂換頭	月上海棠	好姐姐					
D178 仙呂入雙調	三換頭	此調按蔣譜首二句註曰五韻美，中四句爲蠟梅花，後四句犯梧葉兒，且又註屬屬南呂宮，皆非也。後時譜雖知誤，但惜未經考正，承其訛而訛之，且不應又以原文第五句……	蔡伯喈	五韻美	掉角兒	香羅帶					
D179 仙呂入雙調	六么兒	梧葉兒末句，時譜認煞王十朋黃泉做鬼句法……	陳巡檢	六么令	梧葉兒						
D180 仙呂入雙調	六么令		彈指怨東君	六么令	玉抱肚	梧葉兒					
D181 仙呂入雙調	二犯六么令	亦名玉枝歌	拜月亭	六么令	玉抱肚	玉交枝					
D182 仙呂入雙調	玉抱交（含前腔第二格）	玉抱肚第三句變爲六字，次曲亦然	劉智遠	玉抱肚	玉交枝	玉抱肚					
D183 仙呂入雙調	玉抱交（前腔第二格）	此末句確係玉交枝	劉智遠	玉抱肚	玉交枝						
D184 仙呂入雙調	玉山供	俗謂玉山頹，大謬。沈譜曰此調本玉胞肚五供養合成，故名玉山供，自香囊記妄刻作玉山頹，使後人不唯玉山供之來歷，且不知五供養末一句止當用七個字，凡用五供養後有用七字者，又	蔡伯喈	玉抱肚	五供養						

		將中間四箇字的一句只點兩板，竟併五供養舊板而失之，可很可慨也，急改之，詞隱先生此論確甚									
D185 仙呂入雙調	海棠抱玉枝	此調舊名玉棠梨，末句梨花兒無涉	趙氏孤兒	玉胞肚	三月海棠	玉交枝					
D186 仙呂入雙調	雁過枝	一名雁棲枝，又名玉雁子	蔡伯喈	玉交枝	雁過沙	玉交枝					
D187 仙呂入雙調	玉枝供		尋親記	玉交枝	五供養						
D188 仙呂入雙調	供玉枝		尋親記	五供養	玉交枝	五供養					
D189 仙呂入雙調	海棠錦		樂府群珠	月上海棠	晝錦堂						
D190 仙呂入雙調	海棠紅（牌名前標前腔）		樂府群珠	月上海棠	紅林擒						
D191 仙呂入雙調	海棠醉		樂府群珠	月上海棠	醉公子						
D192 仙呂入雙調	海棠令		樂府群珠	月上海棠	忒忒令						
D193 仙呂入雙調	沉醉海棠		崔護	沉醉東風	月上海棠						
D194 仙呂入雙調	東風令		尋親記	忒忒令	沉醉東風						
D195 仙呂入雙調	東園林		風教編	園林好	沉醉東風	忒忒令					
D196 仙呂入雙調	金羅紅葉兒	又名金井梧桐花皀羅，俗作金井水紅花。此調俗名金井水紅花，井字無謂，後時譜改作梧翏金梧，遺卻江兒水……	劉智遠	江兒水	梧葉兒	水紅花	淘金令	皀羅袍			
D197 仙呂入雙調	金羅紅葉兒（前腔第三第二格）	第六句減爲五字，第四曲亦然，不錄	劉智遠	江兒水	梧葉兒	水紅花	淘金令				
D198 仙呂入雙調	五馬渡江南		柳耆卿	五馬江兒水	鎖南枝						

D199 仙呂入雙調	金水令	又名金生麗水。此調時譜亦收此曲，其前五句亦曰五馬江兒水，腹中五句亦疑似淘金令……	呂蒙正	五馬江兒水	淘金令	五馬江兒水					
D200 仙呂入雙調	二犯江兒水	沈譜曰：按此曲本係南調，前輩陳大聲諸公作此調者甚多，今銀瓶記亦作南曲唱可證也，不知始自何人將寶劍記譜曲唱作北腔，此後紅拂浣紗而下，皆被人作北腔唱矣，益不知北曲止有清江引別名江兒水，與此音調絕不同，況若欲如今作北調唱，則起處當唱圍屏來靠四字後而又重唱云心兒裏焦想起來心兒裏焦，青春年少誤了我青春年少，何其贅也，今既知其爲南曲，則唱者必不可用此重疊句矣	樂府群珠	五馬江兒水	淘金令	朝天歌					
D201 仙呂入雙調	二犯江兒　水（第二格）		金印記	五馬江兒水	淘金令	銷金帳					
D202 仙呂入雙調	江頭金桂		蔡伯喈	五馬江兒水	淘金令	桂枝香					
D203 仙呂入雙調	四犯江兒水		羅惜惜	五馬江兒水	朝天歌	本宮水紅花	淘金令	商調水紅花			
D204 仙呂入雙調	金風曲		劉盼盼	四塊金	一江風						
D205 仙呂入雙調	羅鼓令	按此調之總題及犯調據元普及古本蔡伯喈皆如是者何？今時譜以期前十句併扭作八句，強擬作刮鼓令全調致爾，襯字多繁，唱法拗芬，且又以末一句擬犯爲豹子令，益謬矣。原犯之四調不惟宮調皆可相同，亦且腔板和協，但刮鼓令內第七…	蔡伯喈	朝元令	刮鼓令	（合）皀羅袍	太平令				
D206 仙呂入雙調	羅鼓令（第二格）	此格第二改之太平令，與末犯之刮鼓令互倒	明珠記	朝元令	太平令換頭	皀羅袍	刮鼓令				
D207 仙呂入雙調	風雲會四朝元		蔡伯喈	四朝元	會河陽	朝元令	駐雲飛	一江風	四朝元		
D208 仙呂入雙調	柳搖金		劉智遠	桂枝香	四塊金	淘金令	銷金帳	柳梢青			

D209 仙呂入雙調	柳搖金（前腔第三 第二格）		劉智遠	桂枝香	四塊金	淘金令	銷金帳	柳梢青			
D210 仙呂入雙調	風送嬌音		還魂記	風入松	惜奴嬌						
D211 仙呂入雙調	犯衮	元譜原題，俗名急三槍，大謬。時譜曰，細查舊曲，凡風入松或一曲或二曲，期後必帶此二段，今人謂之急三槍，未知是否，不敢遽定。	蔡伯喈	黃龍衮	風入松	黃龍衮	風入松				
D212 仙呂入雙調	犯朝		蔡伯喈	四朝元	風入松	四朝元	風入松				
D213 仙呂入雙調	犯歡	此調按元譜原題曰犯歡，其有三句及第五六七句，皆註犯歸朝歡，但據歸朝歡本調，其手二句……	林招得	歸朝歡	風入松	歸朝歡	風入松				
D214 仙呂入雙調	犯　歡（第二格）	歸朝歡拜月亭格	賽東墻	歸朝歡	風入松	歸朝歡）	風入松				
D215 仙呂入雙調	犯聲		蘇小卿	雙聲子	風入松	雙聲子					
D216 正宮調	薄媚衮羅袍		董秀才	衮衮令	薄媚衮	皀羅袍					
D217 正宮調	雁過錦	首句借九宮正宮雁過聲句法，第二句現團團體，第三句趙氏孤兒格	董秀才	雁過聲	錦纏道	雁過聲					
D218 正宮調	攤破雁過燈（含前腔第二換頭）	時譜曰前雁過沙後漁家燈，今查前半絕不似……	呂蒙正	雁過聲	攤破第一	剔銀燈					
D219 正宮調	攤破雁過燈（前腔第三換頭第二格）	雁過聲用現團團第三換頭體	呂蒙正	雁過聲換頭	合前						
D220 正宮調	攤破錦纏雁		董秀才	攤破第一	錦纏道	雁過聲					
D221 仙呂調	醉雁兒		同前	告雁兒	解三酲						
D222 仙呂調	雙雁兒		琅玕密翠	告雁兒	雙聲子						
D223 仙呂調	喜漁燈（含前腔換頭）		和風習習	喜還京	漁家傲	剔銀燈					

D224 中呂調	紅獅兒（含前腔換頭）		呂蒙正	紅衫兒	獅子序						
D225 中呂調	紅獅兒（換頭第二格）		崔君瑞	紅衫兒換頭	獅子序						
D226 南呂調	駐馬擊梧桐		韓彩雲	擊梧桐	上馬踢	駐雲飛	擊梧桐				
D227 南呂調	二梧桐		王十朋	擊梧桐	梧桐樹	擊梧桐					
D228 南呂調	二犯擊梧桐		因他消瘦	擊梧桐	梧桐樹	五更轉					
D229 南呂調	攪群羊		劉智遠	芙蓉花	山坡羊						
D230 南呂調	二仙插芙蓉	此調曰二仙插芙蓉，乃古本原題，今蔣譜不惟不知芙蓉花，且又不識雙調亦有水仙子，故誤題作梧桐半折芙蓉花，遺卻水仙子一調耳。今雖從古本正此，但雙調水仙子今人……	凍蘇秦	芙蓉花	十三調水仙子	黃鐘宮水仙子	芙蓉花				
D231 小石調	雙煞	山徑路幽僻是其過曲喜無窮煞減末一句，但此遲疾二句，今皆認作上曲之末束，不審鮑老催從何有此二句	拜月亭	喜無窮煞	情未斷煞						
D232 小石調	雙煞（第二格）	曠野雲低是其過曲，有餘情煞減第二句	呂蒙正	尚遶梁煞	有餘情煞						
D233 小石調	雙煞（第三格）	此格二煞俱全調，即日恭維是其過曲。此煞乃元傳奇破窯記之原文古體，今因改本綵樓記以其刪改作下場詩，致令今人喊識之。按此雙煞例必從本曲用何宮調然後外借他宮一調和成，今以上三格與元傳奇柳耆卿皆然，此格固然者也	同前（呂蒙正）	好收因煞	尚如縷煞						
D234 小石調	兩情煞		西廂記	情未斷煞	有餘情煞						
D235 高平調	玉女捲珠簾	珍珠簾不似	明月浸嚴城	傳言玉女	珍珠簾						
D236 高平調	珠簾遮玉女	珍珠簾六七句	明月浸嚴城	珍珠簾	傳言玉女						
D237 高平調	錦腰兒（含前腔）	細腰兒即南呂宮寄生子	西廂記	錦纏道	細腰兒	粉孩兒					
D238 高平調	五樣錦（含前腔）		拜月亭	字字雙	錦法經	錦衣香	錦添花	西地錦			

D239 高平調	五團花		劉孝女	賞宮花	蠟梅花	一盆花	石榴花	芙蓉花			
D240 高平調	五團花（第二格）	犯調比上不同	王祥	海榴花	梧桐花	望梅花	一盆花	水紅花			
D241 高平調	五團花（第三格）	比上犯法少異	樂府群珠	海榴花	芙蓉花	一盆花	蠟梅花	水紅花			
D242 高平調	十樣錦		樂府群諸	繡帶兒	宜春令	降黃龍	醉太平	浣紗溪	啄木兒	鮑老催後	下小樓全
				雙聲疊韻	玉漏遲序						
D243 高平調	十二時	此調今人或諧十二紅，謬	陳大聲作	山坡羊	五更轉	園林好	江兒水	玉交枝	五供養	好姐姐	忒忒令
				鮑老催	川撥棹	桃紅菊	僥僥令全				
D244 高平調	十二紅	此調乃唐氏明詞（說明重要）	西廂記	醉扶歸	醉公子	解紅序	紅林檎	賽紅娘	醉娘子	紅衫兒	小桃紅
				滿江紅	紅葉兒	紅繡鞋	紅芍藥				
D245 高平調	巫山十二峰	梁伯龍不知三換頭犯調兒以其列於此，豈知三換頭前五句是五韻美……	梁伯龍撰	三仙橋	白練序	醉太平	普天樂	犯胡兵	香遍滿	瑣窗寒	劉潑帽
				雙勸酒	賀新郎	節節高	東甌令				

五、《寒山曲譜》與《詞格備考》

宮調歸屬	集曲名	說明文字	例曲來源	本調1	本調2	本調3	本調4	本調5	本調6	本調7	本調8
E001 南呂	梁州新郎	15句、73字、33拍	琵琶記	梁州序	賀新郎						
E002 南呂	奈子瑣窗寒	8句、41字、21拍	臥冰記	奈子花	瑣窗寒						
E003 南呂	奈子宜春	8句、39字、19拍	臥冰記	奈子花	宜春令						
E004 南呂	繡帶宜春	9句、51字、25拍	散曲	繡帶兒	宜春令						
E005 南呂	宜春樂	9句、50字、28拍	散曲	宜春樂	大勝樂						
E006 南呂	太師垂繡帶	10句、58字、28拍	臥冰記	太師引	繡帶兒						
E007 南呂	瑣窗郎	7句、40字、25拍	琵琶記	瑣窗寒	賀新郎						
E008 南呂	瑣窗郎（又一體）	10句、50字、25拍	金印記	瑣窗寒	賀新郎						

E009 南呂	金蓮帶東甌	5句、33字、15拍	黃孝子	金蓮子	東甌令						
E010 南呂	潑帽帶東甌	5句、33字、14拍	十孝記	劉潑帽	東甌令						
E011 南呂	五更轉犯	10句、44字、18拍	白兔記	五更轉	香柳娘						
E012 南呂	二犯五更轉	14句、73字、28拍	琵琶記	香徧滿	五更轉	香徧滿、賀新郎					
E013 南呂	鎖春窗	10句、50字、27拍	散曲	宜春令	瑣窗寒						
E014 南呂	梁溪流大香	21句、98字、44拍。此曲前聯有雙頭之病，作者自留心。有止用二段，名大古娘	散曲	梁州序	浣溪沙	劉潑帽	二段大迓古	香柳娘			
E015 南呂	繡帶引	9句、58字、25拍	散曲	繡帶兒	太師引						
E016 南呂	大節高	10句、57字、30拍	散曲	大勝樂	節節高						
E017 南呂	東甌蓮	7句、46字、23拍	散曲	東甌令	金蓮子						
E018 南呂	浣溪樂	8句、38字、22拍	散曲	浣溪沙	大勝樂						
E019 南呂	大勝花	8句、46字、25拍	金印記	大勝樂	奈子花						
E020 南呂	鎖窗花	9句、45字、23拍		瑣窗寒	奈子花						
E021 南呂	奈子大	8句、40字、22拍。急跨句，大勝樂元此體。琵琶記云爹居相位，殺狗記云此事非容易也。散曲云臨鸞鏡也，皆不同，作者考之	千金記	奈子花	大勝樂						
E022 南呂	引劉郎	8句、44字、19拍。此曲一頭二尾可笑	散曲	引駕行	賀新郎						
E023 南呂	太師圍繡帶	8句、57字、24拍	散曲	太師引	繡帶兒	太師引					
E024 南呂	太師入鎖窗	9句、54字、24拍	鴛鴦棒	太師引	瑣窗寒						
E025 南呂	瑣窗花	6句、37字、19拍	鞠通生	瑣窗寒	奈子花						
E026 南呂	瑣窗秋月	6句、38字、20拍	夢花酣	瑣窗寒	秋夜月						
E027 南呂	瑣窗秋月（又一體）	7句、46字、23拍	金明池	瑣窗寒	秋夜月						
E028 南呂	東甌帶金蓮	77句、37字、18拍	鴛鴦棒	宜春令	金蓮子						

E029 南呂	阮二郎	10 句、53 字、26 拍	鴛簪記	阮郎歸	賀新郎						
E030 南呂	征胡徧	7 句、38 字、15 拍	夢花酣	征胡兵	香徧滿						
E031 南呂	征胡徧（又一體）	8 句、43 字、16 拍	鞠通生	征胡兵	香徧滿						
E032 南呂	鎖窗帽	6 句、37 字、17 拍		鎖窗寒	劉潑帽						
E033 南呂	節節令	9 句、43 字、23 拍		節節高	東甌令						
E034 南呂	浣溪帽	8 句、42 字、20 拍	西園記	浣溪紗	劉潑帽						
E035 南呂	秋月照東甌	5 句、27 字、13 拍	鴛鴦棒	秋夜月	東甌令						
E036 南呂	秋月照東甌（又一體）	6 句、33 字、15 拍		秋夜月	東甌令						
E037 南呂	潑帽令	6 句、38 字、16 拍	珍珠衫	劉潑帽	東甌令						
E038 南呂	秋蓮子	7 句、33 字、15 拍	如是觀	秋夜月	金蓮子						
E039 南呂	雙節高	8 句、44 字、21 拍	如是觀	雙勸酒	節節高						
E040 南呂	大勝高	11 句、63 字、32 拍	花筵賺	大勝樂	節節高						
E041 南呂	宜春引	9 句、54 字、26 拍	王伯良	宜春令	太師引						
E042 南呂	奈子樂	8 句、41 字、22 拍		奈子花	大勝樂						
E043 南呂	秋夜令	6 句、34 字、17 拍		秋夜月	東甌令						
E044 南呂	浣溪蓮	8 句、41 字、20 拍		浣溪沙	金蓮子						
E045 南呂	香滿秀窗	8 句、45 字、20 拍	楊景夏	香徧滿	繡帶兒	瑣窗寒					
E046 南呂	宜畫兒	9 句、52 字、26 拍		宜春令	懶畫眉	繡帶兒					
E047 南呂	潑帽入金甌	7 句、49 字、18 拍		劉潑帽	金蓮子	東甌令					
E048 南呂	羅江怨	9 句、49 字、24 拍。一名楚江情。恩多一句重唱亦可	散曲	香羅帶	一江風						
E049 南呂	羅江怨（又一體）	13 句、68 字、34 拍	樂府	香羅帶	一江風						

E050 南呂	浣紗劉月蓮	14 句、77 字、34 拍	散曲	浣溪紗	劉潑帽	秋夜月	金蓮子				
E051 南呂	令節賞金蓮	11 句、56 字、29 拍	珍珠衫	東甌令	節節高	金蓮子					
E052 南呂	金燈蛾	7 句、36 字、22 拍	如是觀	金錢花	撲燈蛾						
E053 南呂	春溪流	13 句、75 字、35 拍。改正。此曲新譜所收，名春溪流月蓮，有二頭三尾，大乖音律，總刪去末段，併浣溪紗頭二句，可俛入齒牙矣。	沈芳思	宜春令	浣溪沙	劉潑帽					
E054 南呂	花落五更寒	11 句、51 字、24 拍	沈子言	奈子花	五更轉	瑣窗寒					
E055 南呂	六犯清音	18 句、88 字、44 拍。以下皆犯別宮。予初見此取，犯入四尾，大爲○誤。細玩其腔甚諧，不覺頭尾之病，再四靜玩，原只一尾，因舊誤註耳。何處流紅葉二句，以註爲桂枝香尾二句，不知犯月兒高中二句更協，排歌原非末二句，長門三句，舊註犯皂羅袍尾，不知琵琶寫不盡愁一句，乃事黃鶯兒，那人一似黃花瘦句，平仄腔板相同，似皂羅袍而實非皂羅袍，○格極巧，此眞千中少一者，所以音律極諧，詞隱先生亦未○細詳，註云此四不是註，新譜目其語而刪之，古調調蒙冤若此，新譜入別調一曲，亦名六犯清音，竟至於雙頭四尾，不協律刪之。	顧來屛	梁州序	月兒高	排歌	傍粧臺	皀羅袍	黃鶯兒		
E056 南呂	三仙序	9 句、44 字、21 拍	沈伯明	三仙橋	白練序						
E057 南呂	繡太平	10 句、53 字、26 拍	散曲	繡帶兒	醉太平						
E058 南呂	羅鼓令	14 句、81 字、40 拍。改正	琵琶記	刮鼓令	八聲甘州	刮鼓令					
E059 南呂	懶解酲	10 句、60 字、28 拍		懶畫眉	解三酲						
E060 南呂	春太平	10 句、50 字、28 拍		宜春令	醉太平						
E061 南呂	大勝棹	8 句、52 字、25 拍		大勝樂	川撥棹						
E062 南呂	香姐姐	11 句、58 字、25 拍	萬事足	香柳娘	好姐姐						
E063 南呂	太師醉腰圍	9 句、60 字、25 拍		太師引	醉太平	太師引					

E064 南呂	太師見學士	9 句、54 字、34 拍		太師引	三學士						
E065 南呂	太師解酲	9 句、59 字、27 拍		太師引	解三酲	繡帶兒					
E066 南呂	羅帶兒	11 句、54 字、30 拍	拜月亭	香羅帶	梧葉兒						
E067 南呂	二犯香羅帶	8 句、40 字、20 拍。名爲二犯，實是一犯，誤將終身養老二句，作一牌名耳，不知香羅帶有此體。	黃孝子	香羅帶	銷金帳						
E068 南呂	巫山十二峰	53 句、282 字、132 拍。三換頭久已查明，前五句犯雙勸酒，中四句犯獅子序，此曲犯註三換頭，前九句中有牌名，二段是巫山十二峰矣。袁令昭先生將三換頭改香柳娘，後八句美矣，但恨上文劉潑帽，尾段已結，此處必要曲頭，若用香柳娘前半曲，此爲盡善矣。或有用太師引前六句，換頭亦妙	梁伯龍	三仙橋	白練序	二段醉太平	普天樂	三段犯胡兵	香徧滿	四段瑣窗寒	劉潑帽
				五段三換頭	賀新郎	六段節節高	東甌令				
E069 南呂	鎖窗解酲	9 句、49 字、20 拍		鎖窗寒	解三酲						
E070 南呂	鎖窗繡	9 句、52 字、27 拍。改正		鎖窗寒	玉交枝						
E071 南呂	宜春絳	10 句、51 字、27 拍	鴛簪記	宜春令	絳都春						
E072 南呂	宜春令	13 句、68 字、31 拍	夢花酣	宜春令	獅子序						
E073 南呂	刮鼓羅袍	12 句、67 字、31 拍。改正	萬事足	刮鼓令	皀羅袍	刮鼓令					
E074 南呂	懶扶歸	6 句、40 字、14 拍	沈君曼	懶畫眉	黃鶯兒						
E075 南呂	懶扶羅	9 句、55 字、21 拍	鴛鴦棒	懶畫眉	醉扶歸	皀羅袍					
E076 南呂	香轉雲	17 句、75 字、31 拍。改正。此曲亦有二尾之病，或不用駐雲飛一段更妙	雙忠記	香徧滿	五更轉	駐雲飛					
E077 南呂	紅衫白練（其二）	9 句、44 字、25 拍	花筵賺	紅衫兒	白練序						
E078 南呂	紅白醉（其二）	9 句、53 字、28 拍	夢花酣	紅衫兒	白練序	醉太平					
E079 南呂	浣溪天樂	8 句、39 字、20 拍	金明池	浣溪沙	普天樂						
E080 南呂	鎖春枝	8 句、53 字、27 拍。舊名繡衣郎，今查正。	荊釵記	鎖窗寒	宜春令	玉交枝					
E081 南呂	帶醉行春	10 句、53 字、24 拍	綠牡丹	繡帶兒	醉太平	宜春令					

E082 中呂	榴花泣	9句、64字、28拍。起調。照正體起句點板。	荊釵記	石榴花	泣顏回					
E083 中呂	榴花泣（又一體）	8句、53字、24拍	四節記	石榴花	泣顏回					
E084 中呂	馬蹄花	12句、52字、23拍	翫江樓	駐馬聽	石榴花					
E085 中呂	駐馬泣	9句、51字、24拍	十孝記	駐馬聽	泣顏回					
E086 中呂	兩漁燈	10句、55字、27拍	荊釵記	兩休休	喜漁燈					
E087 中呂	漁燈並照	11句、45字、24拍。又名雙漁燈	燕子樓	喜漁燈	漁家傲	剔銀燈				
E088 中呂	石榴兩漁燈	10句、54字、29拍	題紅記	石榴花	兩休休	喜漁燈				
E089 中呂	駐馬聽	10句、48字、22拍		駐雲飛	駐馬聽					
E090 中呂	銀燈花	8句、45字、24拍		剔銀燈	攤破地錦花					
E091 中呂	麻婆穿繡鞋	10句、36字、22拍	勸善記	麻婆子	紅繡鞋					
E092 中呂	舞霓戲	16句、71字、39拍		舞霓裳	大影戲	千秋歲				
E093 中呂	麻婆好繡鞋	14句、65字、39拍		麻婆子	越恁好	紅繡鞋				
E094 中呂	榴花雁聲	12句、56字、28拍	英雄譜	石榴花	刷子序	雁過沙				
E095 中呂	麻婆帶金錢花	10句、44字、26拍		麻婆子	金錢花					
E096 中呂	顏子樂	10句、48字、27拍	散曲	泣顏回	普天樂					
E097 中呂	兩漁聽雁	11句、59字、28拍	臥冰記	兩休休	喜漁燈	雁過聲				
E098 中呂	撲燈紅	10句、51字、33拍	翠屏山	撲燈蛾	紅繡鞋					
E099 中呂	花六么	10句、48字、20拍		攤破地錦花	六么令					
E100 中呂	番馬舞秋風	9句、48字、21拍	散曲	駐馬聽	一江風					
E101 中呂	駐馬兒	12句、59字、27拍。舊名駐馬摘金桃	白兔記	駐馬聽	划鍬令					
E102 中呂	漁燈兒	14句、72字、37拍。舊名三燈並照		喜漁燈	山漁燈	剔銀燈				
E103 中呂	漁家傲犯	7句、40字、16拍	荊釵記	漁家傲	雁過聲					

E104 中呂	尾犯芙蓉	12 句、55 字、27 拍	十孝記	尾犯序	玉芙蓉						
E105 中呂	尾犯錦（其二）	12 句、58 字、28 拍	井中天	尾犯序	錦纏道						
E106 中呂	榴花犯	8 句、51 字、20 拍。或名留魚雁	西廂記	石榴花	漁家傲	雁過聲					
E107 中呂	漁家樂	10 句、55 字、24 拍	李勉	漁家傲	普天樂						
E108 中呂	顏子序	9 句、50 字、26 拍。新譜收作四犯泣顏回，此後有剔銀燈中一段，但此以有頭有尾，豈可復犯中幾句耶，予故刪去。	露綬記	泣顏回	刷子序	泣顏回					
E109 中呂	榴子天	12 句、58 字、28 拍	夢花酣	石榴花	刷子序	普天樂					
E110 中呂	駐馬待風雲	18 句、89 字、38 拍。此曲美甚矣，但接處腔有少劣，予即此曲文，削成一曲，附後以伺知音	散曲	駐馬聽	一江風	駐雲飛					
E111 中呂	駐馬輪台	10 句、42 字、21 拍		駐馬聽	古輪台						
E112 中呂	漁燈雁	11 句、56 字、27 拍。又名兩漁聽雁	韓壽傳	兩休休	漁家傲	山漁燈	雁過聲				
E113 中呂	漁家醉芙蓉	11 句、60 字、26 拍	張蒼山	漁家傲	醉太平	玉芙蓉					
E114 中呂	折梅四犯	17 句、84 字、43 拍	散曲	喜漁燈	漁家傲	古輪台	剔銀燈				
E115 中呂	折梅七犯	16 句、93 字、46 拍	散曲	喜漁燈	剔銀燈	泣秦娥	朱奴兒	漁家傲	山漁燈	雁過聲	
E116 中呂	尾魚燈	13 句、58 字、27 拍	擲鏡緣	尾犯序	山漁燈						
E117 中呂	孩兒帶芍藥	7 句、47 字、22 拍		耍孩兒	紅芍藥	粉孩兒					
E118 中呂	芍藥掛雁燈	6 句、27 字、14 拍		紅芍藥	剔銀燈	雁過聲					
E119 中呂	柳南枝	12 句、58 字、21 拍		香柳娘	鎖南枝						
E120 中呂	柳交枝	10 句、53 字、24 拍		香柳娘	玉交枝						
E121 中呂	玉交娘	10 句、56 字、28 拍		玉交枝	香柳娘						
E122 黃鐘	黃龍捧燈月	10 句、49 字、24 拍	黃孝子	降黃龍	燈月交輝						
E123 黃鐘	玉絳畫眉	9 句、58 字、27 拍	拜月亭	玉漏遲序	絳都春						
E124 黃鐘	啄木叫畫眉	10 句、54 字、26 拍	畫眉記	啄木兒	畫眉序						

E125 黃鐘	出隊滴溜	9句、41字、21拍	十孝記	出隊子	滴溜子						
E126 黃鐘	滴溜神仗	12句、46字、24拍	十孝記	滴溜子	神仗兒						
E127 黃鐘	滴溜神仗（又一體）	12句、47字、23拍	鑿井記	滴溜子	神仗兒						
E128 黃鐘	滴溜出隊	11句、41字、21拍	散曲	滴溜子	出隊子						
E129 黃鐘	出隊神仗	6句、37字、17拍	散曲	出隊子	神仗兒						
E130 黃鐘	雙聲滴	11句、47字、24拍	鑿井記	雙聲子	滴溜子						
E131 黃鐘	三段催	12句、65字、31拍	題紅記	三段子	鮑老催						
E132 黃鐘	滴樓金	10句、50字、27拍	永團圓	滴滴金	下小樓						
E133 黃鐘	雙聲鮑老	12句、58字、27拍	新灌園	雙聲子	鮑老催						
E134 黃鐘	啄木歌	9句、53字、25拍。明珠、紫釵皆有此體，乃和聲，非犯調也。知音者自知，予戲將此曲改一犯調，以伺者知。	沈子勺	啄木兒	太平歌						
E135 黃鐘	三巧音	10句、53字、25拍	寒山子	簇御林	畫眉序	啄木兒	畫眉序	黃鶯兒			
E136 黃鐘	三啄雞	8句、46字、20拍。鬼頭兒二句，亦當屬三段子。何得又分一名，香令誤註，新譜仍誤，此曲宜名三段滴溜。	范香令	三段子	啄木兒	滴溜子					
E137 黃鐘	三段滴溜	7句、45字、22拍	有情痴	三段子	滴溜子						
E138 黃鐘	歸朝出隊	12句、56字、27拍	焦帕記	歸朝歡	出隊子						
E139 黃鐘	歸朝神仗	11句、46字、23拍	鷫鸘裘	歸朝歡	神仗兒						
E140 黃鐘	太平花	5句、27字、12拍	王伯良	太平歌	賞宮花	太平歌					
E141 黃鐘	仙燈照畫眉	9句、50字、24拍	舊曲	玩仙燈	畫眉序						
E142 黃鐘	穿花畫眉	8句、44字、20拍	張彝宣	畫眉序	賞宮花	畫眉序					
E143 黃鐘	絳都春犯	9句、51字、23拍	白兔記	絳都春	鎖窗寒						
E144 黃鐘	畫眉海棠	9句、46字、23拍	散曲	畫眉序	月上海棠						

E145 黃鐘	畫眉姐姐	9 句、52 字、24 拍	千金記	畫眉序	好姐姐						
E146 黃鐘	啄木鸝	10 句、53 字、27 拍	琵琶記	啄木兒	黃鶯兒						
E147 黃鐘	黃龍醉太平	10 句、54 字、31 拍	散曲	降黃龍	醉太平						
E148 黃鐘	畫眉畫錦	10 句、48 字、24 拍	燕仲義	畫眉序	畫錦堂						
E149 黃鐘	啄木江兒水	10 句、57 字、28 拍	夢花酣	啄木兒	江兒水						
E150 黃鐘	畫眉花月下	9 句、50 字、26 拍	張彝宣	賞宮花	畫眉序	月上海棠	賞宮花				
E151 黃鐘	六么令梧葉	7 句、34 字、17 拍	梅嶺記	六么令	梧葉兒						
E152 黃鐘	六姐帶兒	7 句、37 字、19 拍	散曲	六么令	好姐姐	香羅帶					
E153 黃鐘	滴鶯兒	12 句、45 字、25 拍	張彝宣	滴溜子	黃鶯兒						
E154 黃鐘	出隊兒	6 句、28 字、15 拍	張彝宣	出隊子	琥珀貓兒墜						
E155 正宮	雙聲台	10 句、45 字、22 拍。舊云，黃鐘不可居商調之前，然細調之，二調甚協，故王伯良先生，有商黃調之說，予不揣，實作此幾曲，可知舊語不可全也信之。	張彝宣	雙聲子	高陽台						
E156 正宮	刷子帶芙蓉	9 句、52 字、25 拍。刷子序少一平聲字，故唱者點板皆誤，今作者必正之	散曲	刷子序	玉芙蓉						
E157 正宮	朱奴插芙蓉	7 句、47 字、22 拍	散曲	朱奴兒	玉芙蓉						
E158 正宮	朱奴帶錦纏	9 句、54 字、25 拍	黃孝子	朱奴兒	錦纏道						
E159 正宮	普天芙蓉	10 句、60 字、27 拍	散曲	普天樂	玉芙蓉						
E160 正宮	普天芙蓉（又一體）	9 句、44 字、21 拍	鑿井記	普天樂	玉芙蓉						
E161 正宮	錦芙蓉	9 句、57 字、27 拍	鑿井記	錦纏道	玉芙蓉						
E162 正宮	芙蓉紅	9 句、46 字、23 拍	題紅記	玉芙蓉	朱奴兒						
E163 正宮	錦纏序	9 句、58 字、29 拍。舊名錦庭樂，改正。	陳巡檢	錦纏道	刷子序	錦纏道					
E164 正宮	錦纏樂	10 句、55 字、27 拍	白兔記	錦纏道	普天樂						

E165 正宮	傾杯賞芙蓉	12 句、60 字、25 拍	五倫全備	傾杯序	玉芙蓉					
E166 正宮	山漁燈犯	15 句、78 字、38 拍	散曲	山漁燈	玉芙蓉					
E167 正宮	雁來紅	8 句、44 字、22 拍	綵樓記	雁過沙	朱奴兒					
E168 正宮	娘子帶芙蓉	9 句、62 字、30 拍	翠屛山	朱奴兒	玉芙蓉					
E169 正宮	普天紅	7 句、36 字、20 拍	耆英會	普天樂	朱奴兒					
E170 正宮	雁過樂	8 句、46 字、24 拍	耆英會	雁過聲	普天樂					
E171 正宮	錦子犯	10 句、53 字、28 拍	夢花酣	錦纏道	刷子序	錦纏道				
E172 正宮	錦樂犯	9 句、56 字、26 拍	歡喜冤家	錦纏道	普天樂	錦纏道				
E173 正宮	刷子錦	12 句、63 字、31 拍	夢花酣	刷子序	錦纏道					
E174 正宮	錦天樂	9 句、57 字、31 拍	夢花酣	錦纏道	普天樂					
E175 正宮	天樂雁	12 句、59 字、29 拍	夢花酣	普天樂	雁過聲					
E176 正宮	雁聲傾	10 句、56 字、27 拍	夢花酣	雁過聲	傾杯序					
E177 正宮	傾杯序芙蓉	12 句、58 字、28 拍	夢花酣	傾杯序	玉芙蓉					
E178 正宮	紅芙蓉	6 句、43 字、18 拍	金明池	小桃紅	玉芙蓉					
E179 正宮	桃花醉	7 句、42 字、18 拍	紅梅記	小桃紅	醉太平					
E180 正宮	雙紅玉	9 句、48 字、24 拍	散曲	小桃紅	朱奴兒					
E181 正宮	醉天樂	12 句、60 字、31 拍。或名太平樂	沈伯明	醉太平	普天樂					
E182 正宮	四邊芙蓉	8 句、40 字、20 拍	如是觀	四邊靜	玉芙蓉					
E183 正宮	雁漁錦	句、字、拍	琵琶記							
E184 正宮	普天樂犯	10 句、49 字、26 拍。或云犯泣顏回，稍有不妥，以下皆犯別宮	五倫全備	普天樂	泣秦娥					
E185 正宮	芙蓉燈	9 句、46 字、24 拍	散曲	玉芙蓉	剔銀燈					
E186 正宮	雁過燈錦	13 句、67 字、31 拍	獺鏡緣	雁過聲	錦纏道					
E187 正宮	朱奴銀燈	7 句、41 字、22 拍	風教編	朱奴兒	剔銀燈					

E188 正宮	錦子樂	11 句、57 字、26 拍。舊譜未妥，今改正	散曲	錦纏道	獅子序	刷子序	普天樂				
E189 正宮	沙雁揀南枝	9 句、43 字、19 拍	寶粧亭	雁過沙	鎖南枝						
E190 正宮	刷子犯	11 句、52 字、26 拍	散曲	刷子序	惜奴嬌						
E191 正宮	小桃拍	6 句、39 字、17 拍	元詞	小桃紅	催拍						
E192 正宮	銀燈照芙蓉	9 句、48 字、24 拍	女狀元	玉芙蓉	剔銀燈						
E193 正宮	錦天犯	12 句、97 字、39 拍	歡喜冤家	錦纏道	普天樂	尾犯序	錦纏道				
E194 正宮	秦娥賽觀音	8 句、48 字、21 拍	夢花酣	泣秦娥	賽觀音						
E195 正宮	普門大士	6 句、40 字、19 拍	張彝宣	普天樂	賽觀音						
E196 正宮	雁獅燈	12 句、56 字、25 拍。舊名喜漁燈	綵樓記	雁過聲	獅子序	剔銀燈					
E197 正宮	醉顏紅白	14 句、73 字、40 拍	王伯良	白練序	醉太平	紅衫兒					
E198 正宮	福紅兒	9 句、45 字、21 拍。舊名二犯朝天子，今對正	金印記	福馬郎	水紅花	紅衫兒					
E199 正宮	福馬紅兒醉黃漿	20 句、102 字、50 拍。舊名罵玉郎帶過上小樓，今查正	西廂記	福馬郎	紅衫兒	二段忒忒令	豆葉黃	漿水令			
E200 正宮	花郎畫眉	7 句、39 字、15 拍。舊名朝天懶，今查正。	牡丹亭	福馬郎	水紅花	懶畫眉					
E201 正宮	郎至靚粧	9 句、52 字、21 拍	夢花酣	福馬郎	水紅花	紅衫兒	懶畫眉				
E202 正宮	醉宜春	11 句、52 字、29 拍	沈伯英	醉太平	宜春令						
E203 正宮	醉宜春（又一體）	12 句、67 字、36 拍	勘皮靴	醉太平	宜春令						
E204 正宮	三十腔	65 句、359 字、165 拍	孟月梅								
E205 正宮	芙蓉掛漁燈	10 句、53 字、26 拍	宋詞	玉芙蓉	喜漁燈						
E206 正宮	醉太師	12 句、58 字、30 拍		醉太平	太師引						
E207 正宮	小桃帶芙蓉	7 句、46 字、20 拍		小桃紅	玉芙蓉						
E208 正宮	福紅兒（又一體）	7 句、35 字、16 拍	玉合記	福馬郎	水紅花	紅衫兒					
E209 大石	催拍子	11 句、51 字、29 拍		催拍	一撮棹						

E210 大石	觀音水月	9句、45字、21拍	寒山子	賽觀音	江兒水	人月圓					
E211 小石	二犯月兒高	13句、62字、24拍。當名三犯。除酒句，新譜註云紅葉兒，嫌其不協，不如駐雲飛稍妥，莫二句並非月兒高，今以三犯矣。	散曲	月兒高	五更轉	駐雲飛					
E212 小石	二犯月兒高（又一體）	12句、58字、26拍。末句若註五更轉，平仄不協，今犯月上海棠，又成三犯月兒高矣，作者酌之。	無名氏	月兒高	五更轉	駐雲飛	月上海棠				
E213 小石	月雲高	10句、54字、20拍。舊譜註爲度江雲，但本調無處可查，細玩字句平仄，與駐雲飛末句同。	琵琶記	月兒高	駐雲飛						
E214 小石	月照山	13句、60字、25拍	雙忠記	月兒高	山坡羊						
E215 小石	月上五更	15句、68字、28拍	還魂記	月兒高	五更轉						
E216 小石	月鶯蓮	8句、40字、18拍	還魂記	月兒高	鶯啼序	金蓮子					
E217 小石	五樣錦	11句、55字、23拍。古本拜月亭，此曲後尚有一段，不知詞隱先生何意截去。查拜月亭古本，有十樣錦，詞隱先生收其半，遺其半，即名曰五樣錦，予今查明附此，可仍其舊名。9句、49字、29拍	拜月亭	臘梅花	香羅帶	刮古令	梧葉兒	好姐姐	鮑老催	集賢賓	啄木兒
				鶯啼序	沉醉東風						
E218 小石	梅花郎	8句、38字、16拍	鞠通生	臘梅花	賀新郎						
E219 仙呂	皂袍帶封書	9句、42字、21拍	散曲	皂羅袍	一封書						
E220 仙呂	醉羅袍	9句、49字、19拍。一名醉番兒	江流記	醉扶歸	皂羅袍						
E221 仙呂	二犯傍粧臺	9句、49字、24拍	荊釵記	傍粧臺	八聲甘州	皂羅袍	傍粧臺				
E222 仙呂	甘州解酲	10句、51字、27拍	散曲	八聲甘州	解三酲						
E223 仙呂	天香滿羅袖	15句、66字、30拍	黃孝子	皂羅袍	桂枝香	皂羅袍					
E224 仙呂	香歸羅袖	15句、74字、33拍	散曲	桂枝香	皂羅袍						
E225 仙呂	解酲帶甘州	8句、50字、28拍	陳大聲作	解三酲	八聲甘州						
E226 仙呂	桂子著羅袍	12句、62字、29拍	元詞	桂枝香	皂羅袍						

E227 仙呂	解醒望鄉	9 句、53 字、28 拍	散曲	解三醒	望吾鄉						
E228 仙呂	掉角望鄉	11 句、56 字、25 拍	散曲	掉角兒序	望吾鄉						
E229 仙呂	長短嵌丫牙	17 句、95 字、46 拍	夢花酣	長拍	木丫牙	短拍					
E230 仙呂	短拍帶長音	8 句、42 字、19 拍	夢花酣	短拍	長拍						
E231 仙呂	一封羅	9 句、48 字、22 拍	散曲	一封書	皀羅袍						
E232 仙呂	一封羅（又一體）	9 句、45 字、23 拍	鑿井記	一封書	皀羅袍						
E233 仙呂	粧臺望鄉	9 句、42 字、17 拍	散曲	傍粧臺	望吾鄉						
E234 仙呂	書寄甘州	8 句、44 字、23 拍	新灌園	一封書	八聲甘州						
E235 仙呂	解封書	9 句、54 字、29 拍	顧來屏	解三醒	一封書						
E236 仙呂	醉花雲	9 句、58 字、20 拍。此調若改去醉扶歸，末二句更妙	曹含齋	醉扶歸	四時花	駐雲飛					
E237 仙呂	醉歸花月度	13 句、80 字、27 拍	散曲	醉扶歸	四季花	月兒高	駐雲飛				
E238 仙呂	羅袍歌	17 句、70 字、39 拍	十孝記	皀羅袍	排歌						
E239 仙呂	羅袍歌（又一體）	12 句、56 字、28 拍	散曲	皀羅袍	排歌						
E240 仙呂	甘州歌	13 句、63 字、34 拍	琵琶記	八聲甘州	排歌						
E241 仙呂	皀羅罩黃鶯	9 句、41 字、21 拍	散曲	皀羅袍	黃鶯兒						
E242 仙呂	桂坡羊	12 句、51 字、25 拍	燕子箋	桂枝香	山坡羊						
E243 仙呂	醉羅歌	12 句、63 字、26 拍。此調作者甚多，唱者甚熟，竟不知有二尾之病，知音自知，愚意欲將都丟罷三字，改作仄平平，亦屬排歌甚諧	陳大聲	醉扶歸	皀羅袍	排歌					
E244 仙呂	四換頭	17 句、91 字、37 拍	荊釵記	一封書	大影戲	皀羅袍	黃鶯兒				
E245 仙呂	二犯桂枝香	14 句、67 字、31 拍	還帶記	桂枝香	金鳳釵	皀羅袍	桂枝香				
E246 仙呂	封羅歌	12 句、62 字、32 拍	黃孝子	一封書	排歌						
E247 仙呂	醉歸羅袍香	15 句、70 字、31 拍	江流記	桂枝香	香羅帶	醉扶歸	皀羅袍	桂枝香			

E248 仙呂	解酲歌	12 句 67、字、36 拍	金印記	解三酲	排歌						
E249 仙呂	解袍歌	15 句、77 字、41 拍。此調亦有二尾之病	明珠記	解三酲	皀羅袍	排歌					
E250 仙呂	望鄉歌	11 句、54 字、24 拍	邯鄲夢	望吾鄉	排歌						
E251 仙呂	皀袍鶯	14 句、65 字、32 拍	望湖亭	皀羅袍	黃鶯兒						
E252 仙呂	醉四月雲更	15 句、76 字、27 拍	勘皮靴	醉扶歸	四季花	月兒高	駐雲飛	五更轉			
E253 仙呂	粧臺帶甘歌	9 句、49 字、23 拍	南柯夢	傍粧臺	八聲甘州	排歌					
E254 仙呂	桂花羅袍歌	16 句、78 字、37 拍。此曲亦有二尾之病，愚意不若截去眼前猶認一句，竟接排歌，及自協律	虞君哉作	桂枝香	四季花	皀羅袍	排歌				
E255 仙呂	桂香轉雲月	12 句、52 字、25 拍		桂枝香	五更轉	駐雲飛					
E256 仙呂	一封歌	12 句、62 字、32 拍		一封書	排歌						
E257 仙呂	一封鶯	9 句、48 字、25 拍	散曲	一封書	黃鶯兒						
E258 仙呂	解酲姐姐	9 句、58 字、31 拍	馮猶龍作	解三酲	好姐姐						
E259 仙呂	解酲樂	9 句、53 字、29 拍	夢磊記	解三酲	大勝樂						
E260 仙呂	解酲甌	8 句、53 字、28 拍	夢花酣	解三酲	東甌令						
E261 仙呂	解三寒	9 句、54 字、29 拍	散曲	解三酲	瑣窗寒						
E262 仙呂	九迴腸	15 句、88 字、43 拍	張伯起	解三酲	三學士	急三槍					
E263 仙呂	皀花鶯	11 句、49 字、25 拍	潮海音	皀羅袍	水紅花	黃鶯兒					
E264 仙呂	皀鶯花	12 句、62 字、29 拍		皀羅袍	黃鶯兒	水紅花					
E265 仙呂	桂花遍南枝	11 句、51 字、20 拍	散曲	桂枝香	鎖南枝						
E266 仙呂	桂花遍南枝（又一體）	12 句、51 字、20 拍	鑿井記	桂枝香	鎖南枝						
E267 仙呂	桂花遍南枝（又一體）	13 句、55 字、22 拍	沈建吾	桂枝香	鎖南枝						

E268 仙呂	八仙過海	9 句、48 字、28 拍	高玄齋	八聲甘州	月上海棠						
E269 仙呂	光葫蘆	6 句、36 字、16 拍		光光乍	勝葫蘆						
E270 仙呂	光光月	6 句、32 字、16 拍		光光乍	秋夜月						
E271 仙呂	學士解醒	9 句、53 字、27 拍		三學士	解三酲						
E272 仙呂	三脫帽	7 句、43 字、20 拍		三學士	劉潑帽						
E273 仙呂	學士解醒（又一體）	6 句、38 字、20 拍		三學士	解三酲						
E274 仙呂	學士解溪沙	9 句、58 字、30 拍		三學士	解三酲	浣溪沙					

六、《南詞定律》

宮調歸屬	集曲名	說明文字	例曲來源	本調 1	本調 2	本調 3	本調 4	本調 5	本調 6	本調 7	本調 8
F001 黃鐘	絳都春影		白兔	絳都春序首至合（去）	疎影合至末（鼻）						
F002 黃鐘	絳都春影（換頭）		白兔	絳都春序首至合（苦）	疎影合至末（鼻）						
F003 黃鐘	霓裳六序		長生殿	絳都春序首至四（響）	玉漏遲序五至末（小）（鶯）	尾犯序換頭首至三（飄）（行）	念奴嬌序三至七（繡）（倘）	梁州序八至合（裙）（方）	河傳序合至末（難）（黃）		
F004 黃鐘	花月圍京兆	此曲所犯之京兆序即畫眉序	散曲	賞宮花首至二（糸阿）	京兆序三至合（背）（佐）	月上海棠合（難）					
F005 黃鐘	花眉月		百鍊金	賞宮花首至二（欣）	畫眉序三至合（把）（盡）	月上海棠合至末（輪）					
F006 黃鐘	出隊神仗		鷫鸘裘	出隊子首至合（苑）	神仗兒合至末（君）						
F007 黃鐘	出隊滴溜		一捧雪	出隊子首至三（墻）	滴溜子五至末（德）						

F008 黃鐘	出隊貓兒		散曲	出隊子首至三（爲）	琥珀貓而墜合至末（難）						
F009 黃鐘	神仗滴溜		如是觀	神仗兒首至四（報）	滴溜子合至末（十）						
F010 黃鐘	神仗滴溜（前腔）		牡丹亭	神仗兒首至四（越）	滴溜子合至末（見）						
F011 黃鐘	神仗雙聲		奈何天	神仗兒首至四（搗）	雙聲子七至末（人）						
F012 黃鐘	畫眉上海棠		長命縷	畫眉序首至合（柳）	月上海棠合至末（酬）						
F013 黃鐘	畫眉姐姐		千金	畫眉序首至合（手）	好姐姐合至末（離）						
F014 黃鐘	畫眉臨鏡	此曲所犯臨鏡序即傍粧臺	寶劍	畫眉序首至二（離）	臨鏡序五至末（長）						
F015 黃鐘	畫眉畫錦		散曲	畫眉序首至三（程）	畫錦堂六至末（傷）						
F016 黃鐘	畫眉帶一封		牡丹亭	畫眉序首至二（居）	一封書三至末（扣）						
F017 黃鐘	畫眉穿花		散曲	畫眉序首至三（坡）	賞宮花三至合（適）						
F018 黃鐘	羽衣二疊	此所犯之烏衣令即皂羅袍，昇平樂即醉太平，素帶兒即白練序，應時明近即鵝鴨滿渡船	長生殿	畫眉序首至二（漾）	烏衣令二句（看）（香）	昇平樂五至六（安）（粧）	素帶兒二至合（渾）（長）	應時明近四至六（飄）（莟）	赤馬兒五至七（翩）（方）	畫眉兒四至末（盤）（翔）	拗芝麻五至合（體）（響）
				正宮小桃紅四至五（冰）（蕩）	花藥欄八至十（恰）（腔）	怕春歸七句（裊）（想）	古輪臺合至末（舞）				
F019 黃鐘	滴溜神仗		風流配	滴溜子首至四（流）	神仗兒五至末（扶）						
F020 黃鐘	滴溜出隊		散曲	滴溜子首至合（倖）	出隊子四至末（一）						
F021 黃鐘	滴鶯兒		散曲	滴溜子首至合（事）	黃鶯兒六至末（三）						

F022 黃鐘	滴羅歌		御袍恩	滴溜子首至合（勇）	皀羅袍七至末（看）（動）	排歌八至末（謀）					
F023 黃鐘	鮑老節		芭蕉井	鮑老催首至三（招）	節節高四至末（神）						
F024 黃鐘	滴金樓		永團圓	滴滴金首至合（攘）	下小樓合至末（特）						
F025 黃鐘	雙聲滴		永團圓	雙聲子首至六（向）	滴溜子五至末（卑）						
F026 黃鐘	雙聲催		灌園	雙聲子首至六（喪）	鮑老催四至末（丹）						
F027 黃鐘	雙聲臺		散曲	雙聲子首至七（思）	高陽台序（論）						
F028 黃鐘	啄木歌（換頭）		散曲	啄木兒全（諧）	太平歌末（占）						
F029 黃鐘	啄木鸝（換頭）		磨塵鑑	啄木兒首至合（上）	黃鶯兒合至末（整）						
F030 黃鐘	啄木叫畫眉		散曲	啄木兒首至合（告）	畫眉序合至末（世）						
F031 黃鐘	啄木賓（換頭）		春燈謎	啄木兒首至五（萎）	集賢賓合至末（思）						
F032 黃鐘	啄木江水（換頭）		夢花酣	啄木兒首至合（赦）	江兒水六至末（悄）						
F033 黃鐘	啄木三鸝		牡丹亭	啄木兒首至合（慮）	三段子五至合（風）						
F034 黃鐘	三啄雞		夢花酣	三段子首至四（孽）	啄木兒五至合（鬼）（揑）	雙鬪雞末（休）					
F035 黃鐘	三段催		永團圓	三段子首至四（凰）	鮑老催二至末（三）						
F036 黃鐘	三段滴溜		情緣	三段子首至四（絕）	滴溜子五至末（可）						
F037 黃鐘	三老節節高		綵毫	三段子首至四（屏）	鮑老催二至七（緋）（鏡）	節節高合至末（今）					

F038黃鐘	歸朝出隊		蕉帕	歸朝歡首至合（否）	出隊子末（可）						
F039黃鐘	歸朝神仗		鸕鶿袞	歸朝歡首至六（典）	神仗兒末（圖）						
F040黃鐘	黃龍醉太平		秣陵春	降黃龍首至四（何）	醉太平五至末（巡）						
F041黃鐘	黃龍醉太平（前腔換頭）		太平錢	降黃龍首至五（遊）	醉太平五至末（希）						
F042黃鐘	黃龍捧燈月		黃孝子	降黃龍首至四（生）	燈月交輝五至末（被）						
F043黃鐘	黃龍捧燈月（前腔換頭）		金節	降黃龍首至五（延）	燈月交輝五至末（洗）						
F044黃鐘	黃龍探春燈		紫簫	降黃龍首至四（暈）	宜春令（照）（順）	山漁燈十一至末（璧）					
F045黃鐘	黃獅子（換頭）		芭蕉井	降黃龍首至六（蕉）	獅子序（天）						
F046黃鐘	金龍滾		牡丹亭	黃龍滾首至五（躲）	滴滴（四至六（妙）						
F047黃鐘	玉絳畫眉序		黃孝子	玉漏遲序首至三（夫）	絳都春序（萬）（續）	畫眉序四至末（因）					
F048黃鐘	喜漁燈		綵樓	喜看燈首至二（濟）	漁家傲二至三（冷）（起）	剔銀燈三至末（破）					
F049黃鐘	喜漁燈（又一體）		芭蕉井	喜看燈首至二（憂）	漁家傲二至三（半）（憂）	剔銀燈合至末（遺）					
F050黃鐘	三燈并照		百鍊金	喜看燈首至二（少）	山漁燈三至八（學）（消）	剔銀燈合至末（人）					
F051黃鐘	仙燈引京兆	此曲所犯之京兆序即畫眉序	散曲	翫仙燈首至四（描）	京兆序四至末（淡）						
F052正宮	刷子錦		夢花酣	刷子序首至合（面）	錦纏道七至末（空）						

F053 正宮	刷子樂		雌雄旦	刷子序首至合（好）	普天樂五至末（說）						
F054 正宮	刷子帶芙蓉		長生殿	刷子序首至合（化）	玉芙蓉七至末（拍）						
F055 正宮	刷子帶芙蓉（前腔）		麒麟閣	刷子序首至合（廟）	玉芙蓉七至末（英）						
F056 正宮	芙蓉樂		鬧花燈	玉芙蓉首至合（馳）	小普天樂合至末（堂）						
F057 正宮	芙蓉燈		蕉帕	玉芙蓉首至合（離）	剔銀燈合至末（伊）						
F058 正宮	芙蓉燈（又一體）		女狀元	玉芙蓉首至六（裏）	剔銀燈六至末（幾）						
F059 正宮	芙蓉紅	此曲所犯之紅娘子即朱奴兒	題紅	玉芙蓉首至合（鰲）	紅娘子合至末（瓊）						
F060 正宮	芙蓉紅（前腔）		錦江沙	玉芙蓉首至合（持）	紅娘子合至末（須）						
F061 正宮	芙蓉滿江		散曲	玉芙蓉首至四（駿）	滿江紅尾（三至末）						
F062 正宮	芙蓉墜貓兒		風流院	玉芙蓉首至合（潮）	琥珀貓而墜合至末（蹊）						
F063 正宮	錦天樂		白兔	錦纏道首至四（下）	普天樂五至末（一）						
F064 正宮	錦天樂（又一體換頭）		夢花酣	錦纏道首至六（年）	普天樂七至末（對）						
F065 正宮	錦芙蓉		水滸	錦纏道首至六（椽）	玉芙蓉合至末（心）						
F066 正宮	錦芙蓉（前腔換頭）		清忠譜	錦纏道首至六（騫）	玉芙蓉合至末（臺）						
F067 正宮	錦梁州		樂府群珠	錦纏道首至四（膩）	梁州序六至末（想）						
F068 正宮	錦庭芳		賽金蓮	錦纏道首至六（雙）	滿庭芳合至末（惟）						

F069 正宮	錦庭樂		散曲	錦纏道首至四（悄）	滿庭芳六至九（多）（少）	普天樂八至末（這）					
F070 正宮	錦天芳		歡喜冤家	錦纏道首至六（蝶）	普天樂五至六（冷）（劣）	滿庭芳六至末（謊）					
F071 正宮	錦樂纏		歡喜冤家	錦纏道首至四（竭）	普天樂五至合（眼）（月）	錦纏道末（有）					
F072 正宮	錦芳纏（換頭）		夢花酣	錦纏道首至四（蟹）	滿庭芳六至七（叩）（萊）	錦纏道七至末（圖）					
F073 正宮	羽衣三疊	此曲所犯之四塊玉即普天樂，羅敷令即麻婆子，滾繡毬即越恁好	長生殿	錦纏道首至四（噹）	玉芙蓉四至七（飄）（幫）	四塊玉末（撒）（光）	錦漁燈首至合（現）（芳）	錦上花四至合（呈）（狂）	一撮棹末（素）（驤）	普天樂首至三（儼）（唐）	舞霓裳五至六（珊）（商）
				千秋歲合至末（綵）（香）	羅敷令首至五（斂）（唐）	滾繡毬六至八（把）（梁）	紅繡鞋七至末（銀）				
F074 正宮	三十腔	此曲所犯最難，亦甚牽強，又有以二郎神起者，所犯之曲與此曲全然不同。此曲猶爲少順，姑錄於此，以備一覽	孟月梅	錦纏道首至二（慽）	漁家傲三至四（傳）（力）	侍香金童二至三（連）（力）	燈月交輝二至三（怎）（日）	春雲怨八至合（不）（你）	永團圓二句（但）（知）	掉角兒序五至六（多）（水）	柳搖金八至合（女）（禮）
				刮鼓令七句（不）（非）	下小樓末（平）（期）	綠襴衫首至二（情）（氣）	醉太平三至四（糖）（吹）	絳都春序四至五（你）（計）	尾犯序五至合（尋）（的）	喜看燈首至二（須）（爲）	剔銀燈四句（孟）（是）
				山漁燈五至六（鶯）（兒）	雙鸂鶒末（要）（例）	慶時豐首至二（年）（飛）	大迓鼓三至合（便）（宜）	傳言玉女七至八（眞）（裏）	耍鮑老九至十二（比）（壻）	鮑老催七至末（自）（被）	五更轉首至二（向）（眉）
				普天樂七至合（偏）（時）	啄木兒五句（自）（幾）	恨更長三至四（正）（時）	三春柳四至五（傳）（始）	小桃紅二至合（有）（會）	雙蝴蝶合至末（那）		
F075 正宮	普天錦（換頭）		散曲	普天樂首至四（紗）	錦纏道七至末（狐）						
F076 正宮	普天芙蓉（換頭）		蟾宮會	普天樂首至合（長）	玉芙蓉末（最）						
F077 正宮	普天芙蓉（又一體換頭）		一文錢	普天樂首至四（拘）	玉芙蓉七至末（沉）						

F078 正宮	樂顏回（換頭）		綱常	普天樂首至六（到）	泣顏回合至末（當）							
F079 正宮	天邊雁（換頭）		翻浣紗	普天樂首至六（秀）	雁過聲合至末（鸞）							
F080 正宮	普門大士（換頭）		散曲	普天樂首至四（金）	賽觀音三至末（穿）							
F081 正宮	普天兩紅燈（換頭）		夢花酣	普天樂首至六（瓶）	中呂紅芍藥五至合（悄）（並）	剔銀燈合至末（桃）						
F082 正宮	普天紅（換頭）	此曲所犯之紅娘子即朱奴兒	耆英會	小普天樂首至五（搭）	紅娘子末（跌）							
F083 正宮	傾杯賞芙蓉		綱常	傾杯序首至五（膏）	玉芙蓉四至末（一）							
F084 正宮	傾杯賞芙蓉（前腔）		紅梨	傾杯序首至五（篌）	玉芙蓉四至末（箛）							
F085 正宮	傾杯賞芙蓉（前腔換頭）		金明池	傾杯序首至六（荷）	玉芙蓉四至末（清）							
F086 正宮	杯底慶長生		長生殿	傾杯序首至五（凉）	長生道引合至末（火）							
F087 正宮	朱奴帶錦纏		金雀	朱奴兒首至合（空）	錦纏道七至末（豪）							
F088 正宮	朱奴剔銀燈		一捧雪	朱奴兒首至合（謬）	剔銀燈合至末（山）							
F089 正宮	朱奴插芙蓉		虎符	朱奴兒首至六（顏）	玉芙蓉末（命）							
F090 正宮	朱奴插芙蓉（又一體）		翠屏山	朱奴兒首至三（藏）	玉芙蓉三至末（倒）							
F091 正宮	兩紅雁	此曲所犯之紅娘子即朱奴兒	綵樓	紅娘子首至二（理）	雁過沙三至合（謾）（裏）	紅娘子合至末（你）						
F092 正宮	雁聲傾（換頭）		夢花酣	雁過聲首至合（眠）	傾杯序六至末（芙）							

F093 正宮	雁聲樂（換頭）		耆英會	雁過聲首至七（傻）	普天樂末（怕）						
F094 正宮	雁過江		牡丹亭	雁過聲首至三（帶）	江兒水四至末（眞）						
F095 正宮	雁燈錦（換頭）		獺鏡緣	雁過聲首至合（熬）	剔銀燈合至六（蹊）（攬）	錦纏道七至末（楚）					
F096 正宮	雁過芙蓉		翻浣紗	雁過聲首至合（闃）	玉芙蓉合至末（心）						
F097 正宮	雁漁錦		琵琶	雁過聲全（仗）	（二段）雁過聲首至二（思）（章）	漁家傲四句（事）（樣）	雁過聲合至八（眞）（障）	錦纏道五至七（被）（凰）	雁過聲五句（三）（行）	山漁燈七句（埋）（廂）	雁過聲七至末（不）（郎）
				（三段換頭）雁過聲首至二（悲）（行）	山漁燈五句（慈）（養）	漁家傲五句（金）（綬）	錦纏道四句（試）（方）	雁過聲合（雲）（霜）	（四段換頭）雁過聲首至二（幾）（唱）	山漁燈二句（錯）（上）	錦纏道八至合（待）（牀）
				漁家傲四至六（怨）（傷）	雁過聲七至末（歡）（長）	（五段）錦纏道首至七（慢）（量）	雁過聲七至末（在）（腸）				
F098 正宮	塞鴻第一燈		綵樓	塞鴻秋首至合（近）	攤破第一燈五至七（上）（證）	剔銀燈合至末（留）					
F099 正宮	塞鴻第一燈（前腔換頭）		綵樓	塞鴻秋首至合（慶）	攤破第一燈五至七（上）（證）	剔銀燈合至末（留）					
F100 正宮	攤破錦聲		遇仙	攤破第一首至四（廢）	錦纏道五至七（儘）（水）	雁過聲七至末（待）					
F101 正宮	五色絲		散曲	白練序首至二（勝）	黃鶯兒四至五（青）（瑩）	南呂紅芍藥合至末（一）（訂）	黑麻序合至末（感）				
F102 正宮	白樂天九歌	此曲所犯之昇平樂即醉太平	散曲	白練序首至合（千）	昇平樂三至末（青）（蔫）	朝天子合至末（風）（前）	解三酲首至合（狠）（然）	三學士首至合（踪）（穿）	急三鎗四至末（恨）		

F103 正宮	醉宜春		偷甲	醉太平首至六（遷）	宜春令六至末（弄）						
F104 正宮	醉宜春（前腔換頭）		雙疊緣	醉太平首至七（虧）	宜春令六至末（疾）						
F105 正宮	醉宜春（又一體換頭）		勘皮靴	醉太平首至合（祖）	宜春令五至末（能）						
F106 正宮	醉天樂（換頭）		散曲	醉太平首至六（休）	普天樂五至末（鴛）						
F107 正宮	醉太師（換頭）		鑿井	醉太平首至六（著）	太師引五至末（他）						
F108 正宮	太平小醉（換頭）		散曲	醉太平首至六（君）	小醉太平換頭全（青）						
F109 正宮	雁來紅	此曲所犯之紅娘子即朱奴兒	綵樓	雁過沙首至合（窮）	紅娘子合至末（蒙）						
F110 正宮	沙雁揀南枝		寶粧亭	雁過沙首至合（憶）	鎖南枝合至末（愁）						
F111 正宮	漁燈插芙蓉		鬧花燈	山漁燈首至合（憎）	玉芙蓉合至末（雄）						
F112 正宮	春歸人月圓		夢花酣	怕春歸首至合（茜）	人月圓二至末（姓）						
F113 正宮	三撮令	此曲鈕譜爲三字令過十二橋，非也	散曲	三字令首至五（救）	一撮棹首至八（想）	三字令十一至末（閑）					
F114 正宮	四邊芙蓉		如是觀	四邊靜首至六（湧）	玉芙蓉末（宋）						
F115 正宮	小桃拍		百煉金	小桃紅首至合（襯）	催拍合至末（金）						
F116 正宮	桃紅醉		金明池	小桃紅首至五（閣）	醉太平末（恨）						
F117 正宮	小桃帶芙蓉		金明池	小桃紅首至五（左）	玉芙蓉末（漫）						
F118 正宮	四時八種花		散曲	小桃紅首至二（店）	月上海棠三句（喜）（簾）	中呂紅芍藥合至末（空）（淹）	石榴花五至合（崔）（劍）	商調水紅花二至三（漫）（占）	玉芙蓉四至合（迷）（粘）	梅花塘五至六（鏡）（嚴）	黃鐘水仙子（千）

F119 正宮	雙紅嵌芙蓉	此曲所犯之紅娘子即朱奴兒	散曲	小桃紅首至二（弔）	玉芙蓉三至合（痛）（桃）	紅娘子合至末（聽）					
F120 正宮	小玉醉		臥冰	小桃紅首至五（心）	玉芙蓉四至合（懷）（深）	醉扶歸合至末（丁）					
F121 正宮	秦娥賽觀音		夢花酣	泣秦娥首至四（軟）	賽觀音二至末（補）						
F122 仙呂	二犯傍粧臺		荊釵	傍粧臺首至四（傳）	八聲甘州五至合（多）（園）	皀羅袍合至六（他）（旋）	傍粧臺末（教）				
F123 仙呂	二犯傍粧臺（前腔換頭）		荊釵	傍粧臺首至四（圓）	八聲甘州五至合（愁）（纏）	皀羅袍合至六（他）（旋）	傍粧臺末（教）				
F124 仙呂	粧臺望鄉		散曲	傍粧臺首至合（放）	望吾鄉合至末（三_						
F125 仙呂	粧臺帶甘歌		南柯	傍粧臺首至四（文）	八聲甘州五至合（也）（聞）	排歌八至末（我）					
F126 仙呂	臨鏡解羅袍	此曲所犯之臨鏡序即傍粧臺	散曲	臨鏡序首至四（來）	解三酲五至合（寒）（纔）	皀羅袍七至末（崔）					
F127 仙呂	二犯桂枝香		還帶	桂枝香首至四（骸）	皀羅袍合至八（頭）（鞋）	桂枝香十至末（富）					
F128 仙呂	桂坡羊		燕子箋	桂枝香首至合（翅）	山坡羊合至末（知）						
F129 仙呂	羅香令		西廂	桂枝香首至四（拜）	東甌令首至二（潘）（才）	皀羅袍七至末（可）					
F130 仙呂	桂月佳期		西廂	桂枝香首至六（久）	月上海棠合至末（相）						
F131 仙呂	香歸羅袖		江流	桂枝香首至七（枕）	香羅帶五至六（欲）（令）	皀羅袍合至六（心）（心）	桂枝香十至末（問）				
F132 仙呂	桂花遍南枝		蟠井	桂枝香首至六（講）	鎖南枝四至末（若）						

F133 仙呂	桂花遍 南枝 （又一 體）		牡丹亭	桂枝香 首至四 （植）	鎖南枝 四至末 （似）						
F134 仙呂	桂子著 羅袍		蕉帕	桂枝香 首至合 （趣）	皀羅袍 三至六 （鳥） （餘）	桂枝香 十至末 （早）					
F135 仙呂	桂香轉 紅馬	又以紅葉兒 作駐雲飛名 桂香駐五馬 者	梅花樓	桂枝香 首至五 （語）	五更轉 （鯫） （膚）	紅葉兒 合至末 （苦） （娥）	上馬踢 合至末 （霜）				
F136 仙呂	桂花羅 袍歌		散曲	桂枝香 首至四 （耿）	四季花 三至合 （傷） （藤）	皀羅袍 合至末 （梧） （景）	排歌八 至末 （徒）				
F137 仙呂	桂皀傍 粧臺		沒名花	桂枝香 首至四 （壞）	皀羅袍 七至八 （喬）						
F138 仙呂	一秤金		牧羊	桂枝香 首至六 （懷）	月兒高 三至四 （詈） （美）	五更轉 六至合 （香） （起）	排歌合 至七 （加） （離）	傍粧臺 末（夫） （歸）	道和三 至四 （光） （涯）	金鳳釵 八至九 （倚） （迷）	耍鮑老 十一至 十二 （塵） （體）
				四季花 四至五 （愁） （棲）	園林好 合至末 （歎） （垂）	皀羅袍 首至二 （聽） （斯）	惜黃花 五至六 （傷） （濟）	一封書 六至末 （膝） （西）	喜還京 三至末 （金） （時）	漁家傲 二至五 （邊） （望）	賣花聲 合至末 （雲）
F139 仙呂	長短嵌 丫牙		夢花酣	長拍首 至十一 （敲）	木丫牙 五至六 （對） （寥）	短拍六 至末 （甫）					
F140 仙呂	短拍帶 長音		夢花酣	短拍首 至六 （惱）	長拍末 （陰）						
F141 仙呂	醉羅歌		拜月亭	醉扶歸 首至合 （掛）	皀羅袍 合至末 （草） （慣）	排歌八 至末 （兵）					
F142 仙呂	醉羅歌 （前腔）		連環	醉扶歸 首至合 （思）	皀羅袍 合至末 （玉） （氣）	排歌八 至末 （華）					
F143 仙呂	醉花雲		水滸	醉扶歸 全（倚）	四季花 三句 （棲）						
F144 仙呂	醉羅袍		廣寒香	醉扶歸 首至合 （悄）	皀羅袍 合至末 （金）						

F145 仙呂	醉歸月下		白兔	醉扶歸首至合（鬪）	月兒高合至末（悶）（流）	醉扶歸末（淚）					
F146 仙呂	全醉半羅歌		望湖亭	醉扶歸全（巘）	皂羅袍合至末（佳）（使）	排歌合至末（牽）					
F147 仙呂	醉歸花月雲		一諾媒	醉扶歸首至合（擾）	四季花三至五（說）（調）	月兒高五至末（何）（操）	駐雲飛合至末（越）				
F148 仙呂	醉花月紅轉		金明池	醉扶歸首至合（殿）	四季花三至五（天）（纏）	月兒高五至末（兩）（苑）	紅葉兒合至末（眠）（仙）	五更轉末（梅）			
F149 仙呂	醉歸花月紅上馬		勘皮靴	醉扶歸首至合（水）	四季花三至五（疑）（移）	月兒高五至末（徙）（拾）	紅葉兒合至末（癡）（離）	上馬踢（天）			
F150 仙呂	十二紅	此曲與商調之十二紅不同	西廂	醉扶歸（賽）	惜黃花五句（堪）（諧）	皂羅袍合至八（半）（懷）	傍粧臺末（襄）（臺）	耍鮑老九至十二（花）（採）	羅帳裏坐首至四（斜）（骸）	江兒水四至五（今）（外）	玉嬌枝五至合（無）（耐）
				山坡羊七句（猶）（來）	東甌令五句（好）（害）	排歌合至末（將）（開）	太平歌六至末（看）				
F151 仙呂	皂花鶯		海潮音	皂羅袍首至三（關）	商調水紅花五至八（甚）（慳）	黃鶯兒八至末（雙）					
F152 仙呂	皂鶯花		海潮音	皂羅袍至四（散）	黃鶯兒四至合（天）（患）	商調水紅花（勝）					
F153 仙呂	羅袍歌		十孝	皂羅袍全（寵）	排歌合至末（雲）						
F154 仙呂	羅袍歌（又一體）		散曲	皂羅袍首至四（正）	排歌合至末（君）						
F155 仙呂	皂羅鞍		散曲	皂羅袍首至八（飲）	馬鞍兒合至末（他）						
F156 仙呂	皂羅罩金衣		綠牡丹	皂羅袍首至合（取）	黃鶯兒合至末（再）						

F157 仙呂	皀羅罩金衣（又一體）		望湖亭	皀羅袍首至八（差）	黃鶯兒六至末（搶）						
F158 仙呂	羅袍帶封書		散曲	皀羅袍首至合（皺）	一封書合至末（思）						
F159 仙呂	天香滿羅袖		節孝	皀羅袍首至二（軀）	桂枝香三至七（悶）（醑）	皀羅袍合至末（春）					
F160 仙呂	甘州歌		琵琶	八聲甘州首至合（雲）	排歌合至末（途）						
F161 仙呂	甘州歌（前腔換頭）		荊釵	八聲甘州首至合（蟻）	排歌合至末（爭）						
F162 仙呂	甘州解酲（換頭）		綠牡丹	八聲甘州首至四（愁）	解三酲五至末（坐）						
F163 仙呂	甘州八犯	此曲所犯之鶯踏花即桃紅菊	寶劍	八聲甘州首句（節）	泣顏回二句（休）（傑）	風入松三句（軍）（怯）	鶯踏花三句（要）（客）	沉醉東風五句（蹈）（轍）	美中美五句（冤）（窜）	上馬踢七句（合）（泄）	喜還京末（在）
F164 仙呂	天仙會蓬海		散曲	八聲甘州（餐）	月上海棠（逢）						
F165 仙呂	天仙會蓬海（又一體）		長生殿	八聲甘州首至四（觴）	月上海棠四至末（果）						
F166 仙呂	解酲歌		金印	解三酲首至合（飛）	排歌合至末（紅）						
F167 仙呂	解袍歌		明珠	解三酲首至四（藏）	皀羅袍合至末（強）（響）	排歌合至末（流）					
F168 仙呂	解封書		散曲	解三酲首至三（知）	一封書合至末（斂）						
F169 仙呂	解酲樂		夢磊	解三酲首至四（香）	大勝樂五至末（筆）						
F170 仙呂	解酲甌		夢花酣	解三酲首至合（開）	東甌令合至末（一）						
F171 仙呂	解酲望鄉		雙蝴蝶	解三酲首至合（名）	望吾鄉合至末（孩）						

F172 仙呂	解醒芙蓉		再生緣	解三醒首至合（翁）	玉芙蓉合至末（眞）						
F173 仙呂	解醒姐姐		散曲	解三醒首至合（經）	好姐姐合至末（妾）						
F174 仙呂	解醒帶甘州		連城壁	解三醒首至合（鳴）	八聲甘州合至末（心）						
F175 仙呂	解醒帶甘　州（前腔換頭）		鸘鷫裘	解三醒首至合（湄）	八聲甘州合至末（驟）						
F176 仙呂	解醒畫眉子		萬事足	解三醒首至七（邁）	懶畫眉三句（天）（哀）	寄生子合至末（只）					
F177 仙呂	九迴腸		牡丹亭	解三醒首至七（醉）	三學士首至合（無）（梅）	急三鎗四至末（那）					
F178 仙呂	二犯掉角兒		甑嬋娟	掉角兒序首至合（勸）	排歌合至七（攜）（妍）	十五郎末（喜）					
F179 仙呂	掉角望鄉		太平錢	皀角兒序首至合（避）	望吾鄉合至末（千）						
F180 仙呂	望鄉歌		邯鄲	望吾鄉首至合（到）	排歌合至末（看）						
F181 仙呂	三犯月兒高		紅蕖	月兒高首至合（敕）	五更轉三至五（重）（籍）	紅葉兒合至末（爹）（賒）	上馬踢八至末（人）				
F182 仙呂	三犯月兒高（前腔）		散曲	月兒高首至合（候）	五更轉三至五（回）（酒）	紅葉兒合至末（酒）（愁）	上馬踢八至末（酒）				
F183 仙呂	月雲高		琵琶	月兒高全（奔）	駐雲飛合至末（西）						
F184 仙呂	月照山		雙忠	月兒高首至合（護）	山坡羊七至末（如）						
F185 仙呂	雲鎖月（換頭）		牡丹亭	月兒高首至合（滅）	鎖南枝合至末（魂）（結）	渡江雲三十九至末（竹）					

F186 仙呂	月下佳期	此曲本係犯調，今作者多用爲引子，今仍從舊譜錄於犯調	金印	月兒高首至合（泣）	惧佳期六至末（功）						
F187 仙呂	月上五更		高文舉	月兒高首至合（耳）	五更轉三至五（教）						
F188 仙呂	月轉紅上馬（換頭）		荊釵	月兒高首至四（斗）	五更轉三至五（荊）（後）	紅葉兒合至末（休）（流）	上馬踢合至末（七）				
F189 仙呂	月夜渡江歸（換頭）		牡丹亭	月兒高首至合（臏）	醉扶歸四至五（花）（曄）	渡江雲三十九至末（此）					
F190 仙呂	梅花郎		散曲	蠟梅花首至四（後）	賀新郎七至末（斜）						
F191 仙呂	光葫蘆		灌園	光光乍首至合（飲）	勝葫蘆三至末（歸）						
F192 仙呂	光夜月		雙珠	光光乍首至合（詭）	秋夜月四至末（忽）						
F193 仙呂	葫蘆歌		散曲	勝葫蘆全（營）	排歌合至末（竹）						
F194 仙呂	一封羅		水滸	一封書首至二（閭）	皀羅袍三至末（結）						
F195 仙呂	一封羅（又一體）		鑿井	一封書首至四（行）	皀羅袍合至末（驟）						
F196 仙呂	一封歌		節孝	一封書全（圖）	排歌八至末（婚）						
F197 仙呂	一封歌（又一體）		鴛鴦棒	一封書首至合（弦）	排歌合至末（花）						
F198 仙呂	一封鶯		散曲	一封書首至合（流）	黃鶯兒合至末（控）						
F199 仙呂	書寄甘州		灌園	一封書首至合（星）	八聲甘州合至末（權）						
F200 仙呂	一封河蟹	此曲所犯之大河蟹即勝葫蘆	散曲	一封書首至四（痕）	大河蟹三至末（尙）						

F201 仙呂	封書寄姐姐		散曲	一封書首至合（衣）	好姐姐合至末（恙）						
F202 仙呂	春絮似江雲		春燈謎	春從天上來首至二（遠）	綿搭絮六至合（任）（然）	一江風合至九（輕）（編）	駐雲飛合至末（回）				
F203 仙呂	安樂歌		奈何天	安樂神全（忌）	排歌合至末（心）						
F204 仙呂	一片錦	此曲幽閨題爲十樣錦，沈譜收其半曲，題爲五樣錦，張譜續註後半，今依譚譜全錄，然終屬牽強，惟備一體耳	拜月亭	疊字錦首至二（聚）	錦上花六句（經）（也）	錦法經五至六（否）（福）	一機錦四句（誰）（苦）	錦海棠二句（急）（風）	晝錦堂七至合（風）（孤）	字字錦六至九（爲）（途）	錦纏道四至五（回）（父）
				攤破地錦花五句（惱）（甦）	錦衣香末（一）						
F205 仙呂	風入三松		散曲	風入松首至合（帳）	急三鎗四至合（問）（況）	風入松合至末（斜）					
F206 仙呂	風入園林（換頭）		水滸	風入松首至三（鵲）	園林好三至末（趙）						
F207 仙呂	風送嬌音（換頭）		瑞霓羅	風入松首至三（鬧）	惜奴嬌七至末（夢）						
F208 仙呂	雙節高		如是觀	雙勸酒首至合（議）	節節高七至末（未）						
F209 大石	觀音水月		散曲	賽觀音首至二（捲）	人月圓合至末（儘）						
F210 大石	催拍銀燈		散曲	催拍首至四	剔銀燈四至末（荷）						
F211 大石	催拍棹		耆英會	催拍首至五（叉）	一撮棹八至末（何）						
F212 中呂	尾犯芙蓉		十孝	尾犯序首至七（處）	玉芙蓉七至末（有）						
F213 中呂	尾犯錦		井中天	尾犯序首至七（向）	錦纏道九至末（思）						
F214 中呂	尾犯燈		芭蕉井	尾犯序首至三（頭）	剔銀燈合至末（鶯）						

F215 中呂	尾漁燈		獺鏡緣	尾犯序首至三（皎）	山漁燈七至末（魂）						
F216 中呂	好事近	此曲舊譜及坊本皆爲好事近，不知何所取也，又名顏子樂者，似爲有理。如鈕譜之爲泣刷天燈，則燈字無據矣	牡丹亭	泣顏回首至四（垛）	刷子序五至合（因）（多）	普天樂八至末（刻）					
F217 中呂	好事近（前腔）		天下樂	泣顏回首至四（遠）	刷子序五至合（飄）（邊）	普天樂八至末（見）					
F218 中呂	泣銀燈		芭蕉井	泣顏回首至四（斗）	剔銀燈合至末（虔）						
F219 中呂	四犯泣顏回		露綬	泣顏回首至三（穩）	刷子序四至合（怎）	泣顏回合至末（再）（老）	剔銀燈合至末（金）（鞘）	石榴花六句（落）（飽）	錦纏道合至末（到）		
F220 中呂	榴花泣		四節	石榴花首至三（長）	泣顏回四至末（誦）						
F221 中呂	榴花泣（前腔換頭）		牡丹亭	榴花泣首至三（醅）	泣顏回四至末（纔）						
F222 中呂	榴花泣（又一體換頭）		荊釵	石榴花首至四（花）	泣顏回舞至末（貞）						
F223 中呂	石榴燈		芭蕉井	石榴花首至四（仇）	剔銀燈合至末（祈）						
F224 中呂	花尾雁		百鍊金	石榴花首至四（高）	尾犯序四至合（癡）（道）	雁過聲七至末（河）					
F225 中呂	榴花馬（換頭）		鄭孔目	石榴花首至二（鴉）	駐馬聽五至末（身）						
F226 中呂	榴花三和	此曲所犯之杏壇三操即泣顏回	趙光普	石榴花首至三（狀）	杏壇三操五句（此）						
F227 中呂	榴子雁聲		英雄譜	石榴花首至四（陣）	雁過聲七至末（搖）						

F228 中呂	石榴刷子樂		夢花酣	石榴花 首至四 （愁）	刷子序 五至合 （臥） （緱）	普天樂 八至末 （央）					
F229 中呂	石榴掛紅燈（換頭）		海潮音	石榴花 首至四 （贖）	紅芍藥 五至合 （慚） （訴）	剔銀燈 合至末 （號）					
F230 中呂	石榴兩銀燈（換頭）		題紅	石榴花 首至二 （絲）	兩休休 三至四 （殺） （璣）	剔銀燈 三至末 （一）					
F231 中呂	石榴掛漁燈		狀元旗	石榴花 首至二 （蝣）	漁家傲 六至合 （潤） （周）	剔銀燈 三至末 （無）					
F232 中呂	千秋舞霓裳		長生殿	千秋歲 首至合 （攘）	舞霓裳 五至末 （親）						
F233 中呂	芍藥掛雁燈		荊釵	紅芍藥 首句 （形）	剔銀燈 二句 （聽） （汀）	雁過聲 七至末 （江）					
F234 中呂	孩兒帶芍藥		散曲	耍孩兒 首至三 （生）	粉孩兒 三至合 （路） （聲）	紅芍藥 合至末 （俏）					
F235 中呂	金孩兒		散曲	縷縷金 首至六 （隨）	般涉調 耍孩兒 四至末 （無）						
F236 中呂	縷金丹鳳尾		廣陵仙	縷縷金 首至合 （家）	丹鳳吟 七句 （獨）						
F237 中呂	縷金嵌孩兒		牡丹亭	縷縷金 首至六 （蹉）	好孩兒 三句 （密） （戈）	縷縷金 合至末 （其）					
F238 中呂	漁家燈		燕子樓	漁家傲 首至四 （緒）	剔銀燈 四至末 （見）						
F239 中呂	漁家雁		荊釵	漁家傲 首至五 （任）	雁過聲 七至末 （欲）						
F240 中呂	兩漁聽雁		韓壽	漁家傲 首至三 （殃）	剔銀燈 三至六 （幸） （孀）	雁過聲 七至末 （負）					
F241 中呂	漁家醉芙蓉		廣陵仙	漁家傲 首至五 （啞）	醉太平 五至合 （幽） （架）	玉芙蓉 合至末 （難）					

F242 中呂	銀燈紅	此曲所犯之紅娘子即朱奴兒	如是觀	剔銀燈首至合（雷）	紅娘子合至末（君）						
F243 中呂	燈影搖紅		夢花酣	剔銀燈首至二（爵）	大影戲四至合（野）（蔦）	紅芍藥合至末（奈）					
F244 中呂	銀燈照錦花		花筵賺	剔銀燈首至合（襯）	攤破地錦花五至末（地）						
F245 中呂	銀燈照芙蓉		鬧花燈	剔銀燈首至合（氣）	玉芙蓉合至末（休）						
F246 中呂	花六么		夢花酣	攤破地錦花首至五（川）	六么令四至末（明）						
F247 中呂	麻婆穿繡鞋		勸善	麻婆子首至四（哼）	紅繡鞋七至末（剁）						
F248 中呂	麻婆好繡鞋		廣陵仙	麻婆子首至五（加）	越恁好六至八（剪）（鴉）	紅繡鞋七至末（停）					
F249 中呂	霓裳戲舞千秋歲		廣陵仙	舞霓裳首至六（牙）	大影戲合至七（果）（霞）	千秋歲合至末（沉）					
F250 中呂	馬蹄花		翫江樓	駐馬聽首至合（本）	石榴花合至末（省）						
F251 中呂	金馬樂		牡丹亭	駐馬聽首至四（家）	普天樂首至二（牡）（答）	滴滴金四至五（讀）（喇）	駐馬聽合至末（良）				
F252 中呂	駐馬泣		十孝	駐馬聽首至合（里）	泣顏回合至末（到）						
F253 中呂	倚馬待風雲		散曲	駐馬聽首至合（落）	古一江風合至末（賓）（調）	駐雲飛舞至末（嗏）					
F254 中呂	倚馬待風雲（前腔）		鬧烏江	駐馬聽首至合（交）	一江風合至末（一）（遭）	駐雲飛舞至末（嗏）					
F255 中呂	駐馬摘金桃		白兔	駐馬聽首至七（嗔）	金娥神曲合至五（進）						

F256 中呂	駐馬聽黃鶯		春燈謎	駐馬聽首至合（樣）	黃鶯兒合至末（脫）						
F257 中呂	駐馬古輪臺		夢花酣	駐馬聽首至四（度）	古輪臺十四至末（如）						
F258 中呂	番馬舞秋風		燕子箋	駐馬聽首至七（明）	一江風末（容）						
F259 中呂	駐雲聽		散曲	駐雲飛首至五（看）	駐馬聽五至末（蘇）						
F260 中呂	撲燈紅		翠屏山	撲燈蛾首至六（埃）	紅繡鞋七至末（惱）						
F261 中呂	兩紅燈		荊釵	兩休休（吒）	紅芍藥五至合（見）（馬）	剔銀燈合至末（書）					
F262 中呂	九品蓮		散曲	兩休休首至四（筳）	五供養五至八（良）（升）	雙蝴蝶合至末（似）					
F263 中呂	雙瓦合漁燈		夢花酣	古瓦盆兒首至合（秋）	瓦盆兒四至六（卻）（藕）	山漁燈三至六（三）（溜）	剔銀燈合至末（饒）				
F264 中呂	團圓同到老		江流	永團圓首至四（知）	耍鮑老五至末（那）（內）	鮑老催全（看）					
F265 中呂	梁州新郎		琵琶	梁州序首至合（眠）	賀新郎合至末（金）						
F266 中呂	梁州新郎（前腔）		曇花	梁州序首至合（筵）	賀新郎合至末（紛）						
F267 中呂	梁州新郎（前腔換頭）		驚鴻	梁州序首至合（寥）	賀新郎合至末（傾）						
F268 中呂	梁州錦序		蝴蝶夢	梁州序首至五（後）	刷子序五至合（堪）（約）	錦纏道合至末（這）					
F269 中呂	梁溪劉大娘		散曲	梁州序首至五（皐）	浣溪沙首至三（白）（邀）	劉潑帽三至末（多）（調）	大迓鼓首至合（迢）（高）	香柳娘合至末（這）			

F270 中呂	六奏清音		金雀	梁州序首至五（忙）	桂枝香十至末（笑）（羊）	排歌合至七（虛）（傷）	八聲甘州五至合（魏）（央）	皀羅袍七至末（兩）（浪）	黃鶯兒合至末（問）		
F271 中呂	六奏清音（又一體）		散曲	梁州序首至五（然）	浣溪沙首至三（雪）（傳）	針線箱五至合（寒）（天）	皀羅袍合至末（江）（怨）	排歌合至七（梅）（園）	桂枝香十至末（好）		
F272 中呂	新郎撫雁飛		牡丹亭	賀新郎首至二（上）	孤雁飛三至末（柳）						
F273 中呂	節節令		散曲	節節高首至六（舊）	東甌令合至末（可）						
F274 中呂	節節金蓮		一諾媒	節節高首至八（生）	金蓮子末（管）						
F275 中呂	大節高		慶有餘	大勝樂首至三（懼）	節節高四至末（紛）						
F276 中呂	大勝花		金印	大勝樂首至合（籬）	柰子花合至末（交）						
F277 中呂	大勝棹		散曲	大勝樂首至合（音）	川撥棹合至末（有）						
F278 中呂	勝寒花		散曲	大勝樂首至二（人）	瑣窗寒三至合（桐）（引）	柰子花合至末（幽）					
F279 中呂	樂瑣窗		孟姜女	大勝樂首至二（侵）	瑣窗寒三至末（寒）						
F280 中呂	單調風雲會		竊符	一江風首至三（偶）	駐雲飛五至末（嗏）						
F281 中呂	單調風雲會（前腔換頭）		占花魁	一江風首至三（且）	駐雲飛五至末（嗏）						
F282 中呂	柰子宜春		臥冰	柰子花首至合（管）	宜春令末（須）						
F283 中呂	奈子樂		千金	柰子花首至合（炭）	大勝樂合至末（急）						
F284 中呂	奈子樂瑣窗		十孝	柰子花首至合（往）	瑣窗寒合至末（怎）						

F285 中呂	花落五更寒		散曲	柰子花首至合（傍）	五更轉六至合（黃）						
F286 中呂	覓花郎		西廂	柰子花首至合（候）	賀新郎七至末（說）						
F287 中呂	瑣窗郎		琵琶	瑣窗寒首至四（聘）	賀新郎七至末（姻）						
F288 中呂	瑣窗郎（又一體）		金印	瑣窗寒首至六（支）	賀新郎七至末（砂）						
F289 中呂	瑣窗花		散曲	瑣窗寒首至三（紙）	柰子花四至末（魂）						
F290 中呂	瑣窗花（前腔）		金印記	瑣窗寒首至三（恁）	柰子花四至末（家）						
F291 中呂	瑣窗帽		散曲	瑣窗寒首至三（鈎）	劉潑帽三至末（霜）						
F292 中呂	瑣窗繡		偷甲	瑣窗寒首至合（怨）	繡衣郎合至末（珠）						
F293 中呂	寒窗解醒		散曲	瑣窗寒首至三（消）	解三酲五至末（艷）						
F294 中呂	寒窗秋月		金明池	瑣窗寒首至四（簡）	秋夜月四至末（曉）						
F295 中呂	宜春樂		憐香伴	宜春令首至合（柩）	大勝樂合至末（相）						
F296 中呂	宜春引（換頭）		散曲	宜春令首至合（韻）	太師引八至末（謾）						
F297 中呂	宜春序（換頭）		夢花酣	宜春令首至合（塞）	獅子序四至末（既）						
F298 中呂	宜春絳（換頭）		鴛簪	宜春令首至合（見）	絳都春序合至末（非）						
F299 中呂	宜春絳（前腔換頭）		散曲	宜春令首至合（臥）	絳都春序合至末（少）						
F300 中呂	宜畫兒（換頭）		散曲	宜春令首至三（飄）	繡帶兒五至末（新）						

F301中呂	宜春瑣窗（換頭）		一諾媒	宜春令首至合（痛）	瑣窗寒合至末（意）						
F302中呂	宜春瑣窗（又一體換頭）		芭蕉井	宜春令首至五（道）	瑣窗寒合至末（兇）						
F303中呂	春甌帶金蓮		鴛鴦棒	宜春令首至二（茗）	東甌令三至合（攜）（井）	金蓮子末（空）					
F304中呂	春溪劉月蓮	此曲張譜刪去浣溪沙首二句并秋夜月金蓮子二段改名曰春溪劉另成一曲	散曲	宜春令首至合（我）	浣溪沙首至合（忒）（哦）	劉潑帽三至末（今）（課）	秋夜月四至末（懷）（可）	金蓮子三至末（難）			
F305中呂	學士解醒		西樓	三學士首至合（屏）	解三酲五至末（幾）						
F306中呂	學士解醒（又一體）		綠牡丹	三學士首至合（收）	解三酲合至末（知）						
F307中呂	學士解溪沙		勘皮靴	三學士首至二（江）	解三酲三至七（雖）（髣）	浣溪沙七至末（得）					
F308中呂	學士醉江風		散曲	三學士首至合（江）	醉太平合至末（殘）（茫）	古一江風合至末（丹）					
F309中呂	繡太平		慶有餘	繡帶兒首至四（劬）	醉太平五至末（歡）						
F310中呂	繡帶宜春		廣寒香	繡帶兒首至五（悶）	宜春令五至末（愛）						
F311中呂	繡帶引		吉慶圖	繡帶兒首至五（朝）	太師引五至末（標）						
F312中呂	繡針線		散曲	繡帶兒首至四（東）	針線箱五至末（蘭）						
F313中呂	帶醉行春		珍珠衫	繡帶兒首至四（煙）	醉太平五至合（堪）（顫）	宜春令末（你）					
F314中呂	帶醉行春（又一體換頭）		石麟鏡	繡帶兒首至三（窗）	醉太平三至五（無）（相）	宜春令五至末（忽）					

F315 中呂	十樣錦		永團圓	繡帶兒首至五（想）	宜春令五至末（械）（獎）	降黃龍換頭首至五（平）（凰）	醉太平五至末（荒）（詳）	浣溪沙全（苦）（張）	啄木兒六至末（憐）（尙）	鮑老催首至十（從）（忘）	下小樓全（那）（郎）
				雙聲子四至六（須）（杖）	鶯啼序五至末（百）						
F316 中呂	太師令		琵琶	太師引首至合（陽）	刮鼓令末（仲）						
F317 中呂	太師垂繡帶		臥冰	太師引首至五（惶）	繡帶兒五至末（身）						
F318 中呂	太師垂繡帶（又一體換頭）		散曲	太師引首至六（臥）	繡帶兒合至末（謾）						
F319 中呂	太師圍繡帶		夢花酣	太師引首至二（葉）	繡帶兒三至四（點）（蝶）	太師引五至末（親）					
F320 中呂	太師解繡帶		散曲	太師引首至五（陽）	解三醒五至七（將）	繡帶兒合至末（都）					
F321 中呂	太師醉腰圍		夢花酣	太師引首至五（梨）	醉太平六至合（野）（碎）	太師引八至末（人）					
F322 中呂	太師入瑣窗（換頭）		鴛鴦棒	太師引首至六（舵）	瑣窗寒合至末（狂）						
F323 中呂	太師見學士（換頭）		散曲	太師引首至四（風）	三學士三至末（煙）						
F324 中呂	浣溪令		牡丹亭	浣溪令首至四（誰）	東甌令五至末（教）						
F325 中呂	浣溪蓮		散曲	浣溪沙首至六（忖）	金蓮子末（誰）						
F326 中呂	浣溪箱		一諾媒	浣溪沙首至三（踪）	針線箱五至末（家）						
F327 中呂	浣溪樂		散曲	浣溪沙首至合（薄）	大勝樂合至末（如）						

F328 中呂	浣溪天 樂		金明池	浣溪沙 首至合 （奇）	普天樂 八至末 （去）						
F329 中呂	浣溪帽		西園	浣溪沙 首至合 （傷）	劉潑帽 三至末 （無）						
F330 中呂	浣溪三 士帽		勘皮靴	浣溪沙 首至三 （藏）	解三酲 三至七 （木） （快）	三學士 首至合 （溪） （襄）	劉潑帽 三至末 （十）				
F331 中呂	浣溪劉 月蓮		綠牡丹	浣溪沙 首至合 （閒）	劉潑帽 三至末 （天） （盼）	秋夜月 四至五 （閨） （撰）	金蓮子 三至末 （可）				
F332 中呂	秋蓮子		如是觀	秋夜月 首至二 （恥）	金蓮子 三至末 （爲）						
F333 中呂	秋夜花		散曲	秋夜月 首至三 （鬩）	梨花兒 合至末 （嗏）						
F334 中呂	秋月照 東甌		鴛鴦棒	秋夜月 首至三 （冷）	東甌令 合至末 （看）						
F335 中呂	秋夜金 風		散曲	秋夜月 首至合 （到）	金蓮子 三至合 （胭） （抄）	古一江 風七至 末（試）					
F336 中呂	金蓮帶 東甌 （換頭）		節孝	金蓮子 首至合 （託）	東甌令 合至末 （仍）						
F337 中呂	金蓮帶 東甌 （前腔 換頭）		萬事足	金蓮子 首至四 （聾）	東甌令 合至末 （終）						
F338 中呂	東甌蓮		偷甲	東甌令 首至六 （愆）	金蓮子 末（道）						
F339 中呂	令節賞 金蓮		珍珠衫	東甌令 首至四 （價）	節節高 四至合 （明） （怕）	金蓮子 末（怎）					
F340 中呂	潑帽落 東甌		白玉樓	劉潑帽 首至合 （驟）	東甌令 五至末 （無）						
F341 中呂	潑帽金 甌		散曲	劉潑帽 首至合 （愴）	金蓮子 三至合 （吟） （凉）	東甌令 合至末 （燐）					
F342 中呂	香姐姐		百煉金	香柳娘 首至合 （孝）	好姐姐 合至末 （承）						

F343中呂	香南枝		水滸	香柳娘首至合（控）	鎖南枝合至末（幸）						
F344中呂	香嬌枝		水滸	香柳娘首至合（傯）	玉嬌枝合至末（莫）						
F345中呂	大看燈		金明池	大迓鼓首至合（容）	喜看燈四至末（閣）						
F346中呂	迓鼓娘		夢花酣	大迓鼓首至合（霄）	香柳娘合至末（這）						
F347中呂	羅鼓令		琵琶	刮鼓令全（柴）	皀羅袍合至末（思）（捱）	刮鼓令末（教）					
F348中呂	羅鼓令（又一體）		萬事足	刮鼓令首至五（他）	皀羅袍合至末（文）（話）	刮鼓令七至末（免）					
F349中呂	羅江怨		牧羊	香羅帶首至四（也）	一江風五至八（奈）	怨別離末（甚）					
F350中呂	羅江怨（前腔）		連環	香羅帶首至四（也）	一江風五至八（明）	怨別離末（忘）					
F351中呂	羅江怨（又一體）	此曲即楚江情之體也	西樓	香羅帶首至合（楊）	一江風五至九（夢）（墻）	怨別離末（怎）					
F352中呂	羅江月		雙忠	香羅帶首至四（也）	古一江風五至合（夢）						
F353中呂	羅帶兒		拜月亭	香羅帶首至六（途）	梧葉兒三至末（身）						
F354中呂	二犯香羅帶		黃孝子	香羅帶首至合（遠）	孤雁飛五至六（終）（捐）	望吾鄉合至末（思）					
F355中呂	七犯玲瓏		明珠	香羅帶首至三（影）	梧葉兒三至合（冷）（形）	商調水紅花五至合（歎）（嬰）	皀羅袍三至八（浮）（明）	桂枝香十至末（耿）（騰）	排歌合至七（心）（城）	黃鶯兒末（怎）	
F356中呂	七犯玲瓏（前腔）		散曲	香羅帶首至三（賞）	梧葉兒三至合（今）（腸）	商調水紅花五至合（細）（香）	皀羅袍三至八（桃）（長）	桂枝香十至末（捱）（當）	排歌合至七（鶯）（忙）	黃鶯兒末（偏）	

F357 中呂	九疑山		雙玉人	香羅帶 首至四 （也）	犯胡兵 四至末 （盈） （露）	懶畫眉 首至三 （絕） （奴）	醉扶歸 四至末 （有） （父）	梧桐樹 首至五 （君） （句）	瑣窗寒 五至末 （一） （爐）	大迓鼓 手至三 （相） （阻）	解三酲 四至七 （百） （咐）
				劉潑帽 三至末 （玉）							
F358 中呂	香遍五 更		琵琶	香遍滿 首至合 （勞）	五更轉 三至末 （何） （草）	香遍滿 合至末 （漫）					
F359 中呂	香滿繡 窗		散曲	香遍滿 首至三 （稿）	繡帶兒 三至四 （天） （交）	瑣窗寒 合至末 （香）					
F360 中呂	香轉雲		雙忠	香遍滿 首至二 （間）	五更轉 四至末 （鐵） （案）	駐雲飛 七至末 （不）					
F361 中呂	遍滿五 更香		木棉菴	香遍滿 首至二 （難）	五更轉 四至末 （卻） （慣）	香柳娘 合至末 （望）					
F362 中呂	懶扶歸		夢花酣	懶畫眉 首至三 （樵）	醉扶歸 四至末 （寶）						
F363 中呂	懶鶯兒		散曲	懶畫眉 首至合 （遠）	黃鶯兒 合至末 （落）						
F364 中呂	懶針線		意中緣	懶畫眉 首至三 （唇）	針線箱 三至末 （說）						
F365 中呂	懶針酲		勘皮靴	懶畫眉 首至三 （胡）	針線箱 三至合 （雷） （臚）	解三酲 五至末 （他）					
F366 中呂	畫眉溪 月瑣窗 郎		散曲	懶畫眉 首至三 （彈）	浣溪沙 首至合 （司） （間）	秋夜月 三至合 （小） （幻）	瑣窗寒 四至合 （桃） （漢）	繡衣郎 合至末 （同）			
F367 中呂	畫眉醉 羅袍		鴛鴦棒	懶畫眉 首至合 （霧）	醉扶歸 三至合 （香） （雨）	皀羅袍 七至末 （零）					
F368 中呂	五更香		白兔	五更轉 首至五 （恙）	香柳娘 合至末 （願）						
F369 中呂	五更馬		寶劍	五更轉 首至五 （燭）	上馬踢 四至末 （此）						

F370 中呂	五更歌		萬事足	五更轉首至五（戴）	排歌合至末（才）						
F371 中呂	紅衫繫白練		花筵賺	紅衫兒首至三（荒）	白練序三至末（昏）						
F372 中呂	紅白醉（換頭）		夢花酣	紅衫兒首至三（條）	白練序三至末（烟）（么）	醉太平七至末（總）					
F373 中呂	太平花		散曲	太平歌首至二（旌）	賞宮花合至末（花）						
F374 中呂	七賢過關	此曲與商調之七賢過關不同	新合鏡	恨蕭郎首至三（顫）	胡女怨四句（北）（遷）	念佛子五句（倏）（片）	癡冤家三句（瓊）（然）	啄木兒五至合（飛）（園）	呼喚子二句（繡）（圓）	丞相賢末（孤）	
F375 中呂	朝天畫眉		牡丹亭	朝天子首至五（拿）	懶畫眉四至末（桃）						
F376 中呂	朝天紅		金印	朝天子首至五（山）	紅衫兒五至末（爭）						
F377 中呂	犯胡遍		夢花酣	犯胡兵首至四（了）	香遍滿五至末（風）						
F378 中呂	三仙序		散曲	三仙橋首至三（否）	白練序三至末（拖）						
F379 中呂	九重春		散曲	三仙橋首至五（凭）	三換頭五至九（顧）（生）	陽關三疊合至末（落）					
F380 中呂	巫山十二峰		雙錘	三仙橋首至三（否）	白練序三至末（夢）（口）	醉太平換頭首至六（窮）（羞）	普天樂五至末（敬）（頭）	犯胡兵首至四（天）（蹂）	香遍滿四至末（他）（就）	瑣窗寒首至三（卻）（免）	劉潑帽三至末（參）（邁）
				三換頭首至六（先）（竇）	賀新郎七至末（教）（瘦）	節節高首至六（今）（逗）	東甌令合至末（翩）				
F381 中呂	巫山十二峰（又一體）		西樓	三仙橋首至三（漏）	白練序三至末（驅）（有）	醉太平換頭首至六（適）（憂）	普天樂五至末（停）（裯）	犯胡兵首至四（迎）（謬）	香遍滿四至末（聞）（就）	瑣窗寒首至三（赴）（由）	劉潑帽三至末（劉）（愁）
				香柳娘五至末（請）（手）	賀新郎七至末（奴）（媾）	節節高首至六（相）（驟）	東甌令合至末（飄）				

F382 中呂	金燈蛾		如是觀	金錢花首至二（機）	撲燈蛾八至末（過）						
F383 中呂	引劉郎		夢花酣	引駕行首至二（念）	劉潑帽三至末（縱）（磨）	賀新郎七至末（女）					
F384 中呂	阮二郎		蜃中樓	阮郎歸首至合（隱）	賀新郎七至末（水）						
F385 雙調	錦堂月		琵琶	晝錦堂首至五（憂）	月上海棠四至末（惟）						
F386 雙調	錦堂月（前腔）		荊釵	晝錦堂首至五（顏）	月上海棠四至末（晝）						
F387 雙調	錦堂月（前腔換頭）		百順	晝錦堂首至六（袖）	月上海棠四至末（與）						
F388 雙調	錦棠姐姐（換頭）		千金	晝錦堂首至六（厚）	月上海棠四至合（愧）（酒）	好姐姐合至末（從）					
F389 雙調	晝錦畫眉（換頭）		牡丹亭	晝錦堂首至六（說）	畫眉序四至末（只）						
F390 雙調	錦棠集賢賓（換頭）		散曲	晝錦堂首至六（情）	月上海棠四至合（鳳）（整）	集賢賓合至末（藍）					
F391 雙調	醉僥僥（換頭）		散曲	醉公子首至合（情）	僥僥令全（落）						
F392 雙調	醉僥僥（又一體換頭）		臥冰	醉公子首至四（效）	僥僥令三至末（兄）						
F393 雙調	公子醉東風（換頭）		散曲	醉公子首至四（地）	沉醉東風四至末（將）						
F394 雙調	步扶歸		勘皮靴	步步嬌首至合（倸）	醉扶歸合至末（花）						
F395 雙調	步月兒		散曲	步步嬌首至合（店）	月兒高五至末（水）						
F396 雙調	步步入江水		望湖亭	步步嬌首至五（傳）	江兒水合至末（不）						

F397雙調	步入園林		丹晶墜	步步嬌首至合（計）	園林好三至末（敢）						
F398雙調	令步東風		教子	忒忒令首至三（個）	沉醉東風三至末（他）						
F399雙調	沉醉海棠		紅梨	沉醉東風首至合（鈴）	月上海棠合至末（還）						
F400雙調	沉醉海棠（又一體）		鑿井	沉醉東風首至二（忭）	月上海棠三至末（願）						
F401雙調	沉醉姐姐		牛頭山	沉醉東風首至合（覷）	好姐姐三至末（巉）						
F402雙調	東風吹江水		翻浣紗	沉醉東風首至四（悴）	江兒水六至末（進）						
F403雙調	園林沉醉（換頭）		紅梨	園林好首至四（亭）	沉醉東風四至末（羅）						
F404雙調	園林沉醉（又一體換頭）		風教編	園林好首至合（暮）	沉醉東風三至末（思）						
F405雙調	園林江水（換頭）		雙熊夢	園林好首至二（張）	江兒水六至末（大）						
F406雙調	園林見姐姐（換頭）		一捧雪	園林好首至合（染）	好姐姐三至末（殘）						
F407雙調	園林醉海棠		金鈿盒	園林好首至合（幸）	沉醉東風四至七（竹）（零）	月上海棠合至末（君）					
F408雙調	園林帶僥僥		雙螭璧	園林好首至二（言）	僥僥令三至末（奉）						
F409雙調	園林柳		水滸	園林好首至合（鳳）	香柳娘合至末（叩）						
F410雙調	九華燈（換頭）		白紗	園林好首至合（降）	江兒水合至末（滋）（想）	玉嬌枝首至合（守）（傍）	五供養五至末（片）（詳）	好姐姐首至二（兄）（藏）	忒忒令三至末（圍）（量）	鮑老催首至六（非）（莽）	川撥棹三至合（他）（講）
				桃紅菊三至末（是）							

F411雙調	江水遶園林		望湖亭	江兒水首至合（旋）	園林好合至末（空）						
F412雙調	江水撥棹		紅梨	江兒水首至合（並）	川撥棹合至末（顧）						
F413雙調	供養海棠		琵琶	五供養首至八（彈）	月上海棠末（骨）						
F414雙調	供養海棠（前腔）		紅梨	五供養首至八（亭）	月上海棠末（雞）						
F415雙調	五雙玉		西廂	五供養首至二（丁）	玉胞肚三至合（下）（蠅）	玉嬌枝五至末（光）					
F416雙調	五玉枝		雙熊夢	五供養首至四（惶）	玉嬌枝五至末（臨）						
F417雙調	五枝供		綵衣歡	五供養首至四（私）	玉嬌枝五至合（城）（是）	五供養合至末（三）					
F418雙調	五羊供月		書中玉	五供養首至四（間）	山坡羊七句（是）（苑）	五供養合至八（這）（千）	月上海棠末（我）				
F419雙調	供養江水		荊釵	五供養首至合（芳）	江兒水合至末（夫）						
F420雙調	五枝供海棠		教子	五供養首至四（骸）	玉嬌枝五至合（守）（界）	五供養合至八（提）（肥）	月上海棠末（骨）				
F421雙調	五月紅樓送玉人		散曲	五供養首至四（魚）	月上海棠三至末（歎）（午）	紅娘子首至合（我）（樹）	雁過南樓首至合（歸）（住）	江頭送別首至合（金）（負）	玉嬌枝四至末（奈）（隅）	人月圓三至末（臨）	
F422雙調	玉枝供		一捧雪	玉嬌枝首至合（遠）	五供養合至末（管）						
F423雙調	玉枝林		紅梨	玉嬌枝首至合（正）	園林好合至末（動）						
F424雙調	玉嬌鶯		畫中人	玉嬌枝首至合（徑）	黃鶯兒合至末（按）						
F425雙調	玉雁子		琵琶	玉嬌枝首至四（土）	雁過沙四至末（乾）（祀）	玉嬌枝合至末（對）					

F426 雙調	玉嬌娘		水滸	玉嬌枝首至合（鳳）	香柳娘合至末（痛）						
F427 雙調	嬌海棠		勘皮靴	玉嬌枝首至四（返）	月上海棠四至末（收）						
F428 雙調	嬌枝撥棹		望湖亭	玉嬌枝首至合（便）	川撥棹合至末（好）						
F429 雙調	玉枝順水		一諾媒	玉嬌枝首至二（候）	孝順歌六至末（朔）（手）	江兒水合至末（要）					
F430 雙調	玉枝帶六么		雙丞緣	玉嬌枝首至二（波）	六么令三至末（鯨）						
F431 雙調	玉肚枝		補天	玉嬌枝首至二（花）	玉胞肚三至合（只）（摇）	玉嬌枝五至末（潛）					
F432 雙調	玉山頹		牡丹亭	玉胞肚首至合（祿）	五供養五至末（萱）						
F433 雙調	玉山頹（前腔）		軟藍橋	玉胞肚首至合（徒）	五供養五至末（心）						
F434 雙調	玉肚鶯		西廂	玉胞肚首至合（頸）	黃鶯兒四至末（端）						
F435 雙調	玉桂枝		牡丹亭	玉胞肚首至合（女）	桂枝香五至合（賢）（帔）	鎖南枝合至末（身）（悔）	桂枝香十至末（殺）				
F436 雙調	玉供鶯		紫釵	玉胞肚首至合（恍）	五供養五至七（粧）（響）	黃鶯兒合至末（猛）					
F437 雙調	雙玉供		雙遇葉	玉胞肚首至合（堤）	五供養五至合（權）（陛）	玉胞肚合至末（孤）					
F438 雙調	玉么令		花眉旦	玉胞肚首至合（面）	六么令三至末（府）						
F439 雙調	玉胞金娥		散曲	玉胞肚首至三（原）	金娥神曲三至合（縱）（簫）	玉胞肚末（易）					
F440 雙調	姐姐插嬌枝		望湖亭	好姐姐首至合（顛）	玉嬌枝合至末（莽）						

F441雙調	姐姐插海棠		祥麟現	好姐姐首至合（河）	月上海棠四至末（與）						
F442雙調	好玉供海棠		散曲	好姐姐首至二（飛）	玉嬌枝三至四（薄）（珠）	五供養五至八（欄）（知）	月上海棠末（樓）				
F443雙調	姐姐帶僥僥		散曲	好姐姐首至合（成）	僥僥令三至末（一）						
F444雙調	姐姐棹僥僥		夢花酣	好姐姐首至合（閒）	川撥棹二至合（月）（灣）	僥僥令三至末（有）					
F445雙調	姐姐撥棹		雙熊夢	好姐姐首至二（浪）	川撥棹三至末（管）						
F446雙調	姐姐帶五馬		鴛鴦棒	好姐姐首至合（青）	五馬江兒水八至末（遙）						
F447雙調	姐姐帶六么		紅梨	好姐姐首至合（凝）	六么令四至末（狂）						
F448雙調	姐姐寄封書		散曲	好姐姐首至合（邀）	一封書合至末（到）						
F449雙調	好不盡		丹晶墜	好姐姐首至五（佩）	尾二至末（僥）						
F450雙調	僥僥撥棹		勘皮靴	僥僥令首至五（漢）	川撥棹合至末（謝）						
F451雙調	僥僥鮑老		如是觀	僥僥令首至合（道）	鮑老催四至末（文）						
F452雙調	二犯僥僥令		長生殿	僥僥令首至合（�）	川撥棹二至合（恨）（他）	好姐姐合至五（酆）（座）	僥僥令末（劍）				
F453雙調	六么姐兒		水滸	六么令首至三（巾）	好姐姐三句（干）（兵）	梧葉兒合至末（虎）					
F454雙調	六宮花		一諾媒	六么令首至合（津）	賞宮花合至末（影）						
F455雙調	六么江水		飛龍鳳	六么令首至合（忡）	江兒水合至末（速）						

F456 雙調	九曲河	此曲所犯之雙鬪雞即滴溜子	散曲	六幺令首至三（頃）	一撮棹五至末（輕）						
F457 雙調	海棠令（換頭）		散曲	月上海棠首至三（宵）	忒忒令四至末（空）						
F458 雙調	海棠錦（換頭）		散曲	月上海棠首至三（描）	晝錦堂六至末（營）						
F459 雙調	海棠沉醉（換頭）		紅梨	月上海棠首至合（敬）	沉醉東風合至末（異）						
F460 雙調	月上園林（換頭）		水滸	月上海棠首至三（過）	園林好三至末（對）						
F461 雙調	海棠醉公子（換頭）		樂府群珠	月上海棠首至三（嘲）	醉公子四至末（妖）						
F462 雙調	月上古江		散曲	月上海棠首至合（瘦）	古江兒水合至末（身）						
F463 雙調	三枝花		散曲	三月海棠首至三（奔）	玉嬌枝五至七（闕）（損）	武陵花二十一至末（玉）					
F464 雙調	三月姐姐		夢花酣	三月海棠首至六（現）	好姐姐三至末（憑）						
F465 雙調	三月上海棠		花筵賺	三月海棠首至合（串）	月上海棠合至末（愁）						
F466 雙調	撥棹入江水		西樓	川撥棹首至合（瓜）	江兒水合至末（繡）						
F467 雙調	撥棹帶僥僥		紅梨	川撥棹首至合（星）	僥僥令三至末（擁）						
F468 雙調	川姐姐（換頭）		丹晶墜	川撥棹首至合（誰）	好姐姐合至末（相）						
F469 雙調	撥神仗（換頭）		芭蕉井	川撥棹首至三（挑）	神仗兒五至末（怎）						
F470 雙調	撥棹供養		勘皮靴	川撥棹首至合（簞）	五供養五至末（絕）						
F471 雙調	雙棹入江泛金風		牡丹亭	川撥棹首至二（些）	江兒水合至末（陡）（峽）	刮地風首至四（走）（差）	雙聲疊韻九至合（斗）（亞）	滴滴金三至末（如）			

F472雙調	玉環清江引		鮫綃	對玉環首至合（場）	清江引全（疊）						
F473雙調	玉環清江引（前腔）		一種情	對玉環首至合（高）	清江引全（逍）						
F474雙調	清南枝		牡丹亭	清江引首至合（雅）	鎖南枝八至末（德）						
F475雙調	錦水棹		邯鄲	錦衣香首至五（宵）	漿水令五至合（金）（蹻）	川撥棹（人）					
F476雙調	江頭金桂		琵琶	五馬江兒水首至五（尋）	金字令五至九（共）（音）	桂枝香七至末（伊）					
F477雙調	江頭金桂（前腔）		金雀	五馬江兒水首至五（盟）	金字令五至九（鴛）（星）	桂枝香七至末（言）					
F478雙調	二犯江兒水	此曲本係南詞，此體最多，今人皆做北腔，行之已久，以致南詞內似無此體，殊不知亦可以南詞唱者，如後之迤里青驄馳控一曲是也，若依北曲，惟以五馬江兒水之首句及朝天歌之八句九句皆重四字并那移板式用北腔北板，如後之重門朱戶一曲是也。	紅拂	五馬江兒水首至五（侶）	金字令十至末（西）（取）	朝天歌合至末（分）					
F479雙調	二犯江兒水（前腔）		一捧雪	五馬江兒水首至五（捧）	金字令十至末（羽）（湧）	朝天歌合至末（看）					
F480雙調	二犯江兒水（前曲北式）		紅拂								

F481雙調	風雲會四朝元		琵琶	五馬江兒水首至五（阻）	桂枝香五至六（羅）（潰）	柳搖金八至十一（寶）（戶）	駐雲飛四至六（空）（思）	一江風五至八（妾）（苦）	朝元令合至末（君）		
F482雙調	風雲會四朝元（前腔）		鸚鵡洲	五馬江兒水首至五（里）	桂枝香五至六（無）（歲）	柳搖金八至十一（鶯）（禊）	駐雲飛四至六（打）（低）	一江風五至八（斷）（貴）	朝元令合至末（神）		
F483雙調	五馬四塊金		連環	五馬江兒水首至九（起）	四塊金合至末（自）						
F484雙調	五馬搖金		銀瓶	五馬江兒水首至九（容）	柳搖金十二至末（奏）						
F485雙調	五馬搖金（又一體）		存孤	五馬江兒水首至合（花）	柳搖金合至末（結）						
F486雙調	水金令		綵樓	五馬江兒水首至七（投）	金字令合至末（雙）						
F487雙調	金風曲		劉盼盼	四塊金首至四（治）	一江風三至末（獨）						
F488雙調	金水令		林招得	四塊金首至四（障）	五馬江兒水六至合（暗）（殃）	金字令十至末（虔）					
F489雙調	重疊金水令		生死夫妻	四塊金首至六（飢）	五馬江兒水六至合（想）（歸）	朝元令十至合（蝴）（棲）	柳搖金合（死）（期）	五馬江兒水十二句（心）			
F490雙調	淘金令		幻奇緣	金字令首至六（放）	五馬江兒水八至末（道）						
F491雙調	淘金令（又一體）		嬌紅	金字令全（我）	五馬江兒水合至末（凉）						
F492雙調	金馬朝元令		勘皮靴	金字令首至六（簡）	五馬江兒水三至五（惺）（頑）	朝元令十至合（金）（灣）	金字令合至末（等）				

F493雙調	金柳嬌鶯		夢花酣	金字令首至六（綺）	柳搖金四至七（宕）（西）	嬌鶯兒四至末（笑）					
F494雙調	金三段		五福	金字令首至六（負）	三段子五至末（悔）						
F495雙調	金水柳		青衫	金字令首至六（汗）	五馬江兒水八至合（幸）（煙）	朝元令十至合（遠）（牽）	柳搖金十一至末（重）				
F496雙調	金雲令		西廂	金字令首至六（雲）	駐雲飛四至七（人）（門）	金字令九至末（影）					
F497雙調	金江風		金明池	金字令首至六（愛）	古一江風五至末（豈）						
F498雙調	金江風（又一體）		臥冰	金字令首至六（整）	一江風四至末（曉）						
F499雙調	朝金羅鼓令		明珠	朝元令首至六（蒼）	刮鼓令四至合（人）（堂）	皂羅袍合至八（姻）（場）	刮鼓令七至末（從）				
F500雙調	金蓼朝元歌		生死夫妻	銷金帳首至七（妻）	商調水紅花二至三（請）（滯）	朝元令七至九（禪）（疑）	朝天歌六至末（不）				
F501雙調	孝南枝		錦香亭	孝順歌全（俊）	鎖南枝合至末（心）						
F502雙調	孝順兒		琵琶	孝順歌首至六（期）	江兒水四至末（米）						
F503雙調	孝順兒（又一體）		節孝	孝順歌全（里）	江兒水六至末（緬）						
F504雙調	孝金歌		牡丹亭	孝順歌首至六（瓦）	金字令十至合（官）						
F505雙調	南枝金桂		人獸關	鎖南枝首至合（棹）	桂枝香七至末（臨）						
F506雙調	南江風		一諾媒	鎖南枝首至合（首）	一江風合至末（傭）						

F507 雙調	鎖順枝		鴛鴦棒	鎖南枝首至合（令）	孝順歌六至末（娘）（聽）	鎖南枝合至末（從）					
F508 雙調	南枝映水清		拜月亭	鎖南枝首至合（分）	五馬江兒水三至四（千）	鎖南枝合至末（放）					
F509 商調	字字啼春色		散曲	字字錦首至八（兼）	鶯啼序四至合（碧）（茜）	絳都春序合至末（武）					
F510 商調	鵲簇望鄉臺	此曲所犯之鵲踏枝即本宮之滿園春又名雪獅子	散曲	鵲踏枝首至六（涼）	簇御林三至四（頃）（訪）	望吾鄉二至三（兵）（颶）	傍粧臺五至末（雲）				
F511 商調	二賢賓		鑿井	二郎神首至四（飛）	集賢賓五至末（結）						
F512 商調	二鶯兒		牡丹亭	二郎神首至合（瑣）	黃鶯兒合至末（成）						
F513 商調	二啼鶯		教子	二郎神首至二（持）	鶯啼序三句（拒）	黃鶯兒四至五（何）（毀）	二郎神六至末（這）				
F514 商調	二郎抱公子		教子	二郎神首至三（依）	黃鶯兒三至五（歸）（取）	二郎神七至末（今）					
F515 商調	二郎試畫眉		散曲	二郎神首至合（淺）	畫眉序合至末（狹）						
F516 商調	集賢降黃龍（換頭）		散曲	集賢賓首至五（捲）	降黃龍七至末（塵）						
F517 商調	集賢聽畫眉（換頭）		散曲	集賢賓首至合（號）	畫眉序合至末（盡）						
F518 商調	集賢醉公子（換頭）		散曲	集賢賓首至合（後）	醉公子合至末（休）						
F519 商調	集鶯花（換頭）		再生緣	集賢賓首至二（那）	黃鶯兒三至合（怯）（做）	賞宮花合至末（總）					
F520 商調	集鶯花（又一體換頭）		一合相	集賢賓首至合（燕）	黃鶯兒四至合（金）（捲）	賞宮花合至末（古）					

F521 商調	集賢郎（換頭）		李婉	集賢賓首至四（旦）	二郎神五至末（早）						
F522 商調	集鶯郎（換頭）		摘金園	集賢賓首至二（兵）	鶯啼序三至合（苦）（映）	二郎神合至末（淚）					
F523 商調	集賢聽黃鶯（換頭）		明珠	集賢賓首至五（否）	黃鶯兒六至末（相）						
F524 商調	集賢雙聽鶯（換頭）	此曲別譜亦有去後之黃鶯兒三句爲集賢鶯者，今從譚譜	散曲	集賢賓首至合（定）	黃鶯兒四至合（憂）（逕）	集賢賓合至末（臨）（應）	黃鶯兒合至末（險）				
F525 商調	鶯啼春色		節孝	鶯啼序首至合（分）	絳都春序合至末（自）						
F526 商調	鶯鶯兒（換頭）		白兔	鶯啼序首至合（瑞）	黃鶯兒合至末（雪）						
F527 商調	鶯集御林		風流夢	鶯啼序首至二（轉）	簇御林五至末（喜）						
F528 商調	鶯啼御林		牡丹亭	鶯啼序首至合（抹）	簇御林合至末（暈）						
F529 商調	鶯集御林春		拜月亭	鶯啼序首至二（切）	集賢賓三至五（悶）（理）	簇御林五句（此）（說）	三春柳合至末（啼）				
F530 商調	鶯集御林春（又一體）		寶劍	鶯啼序首至五（道）	三春柳六至合（九）（良）	簇御林首至四（分）（郎）	集賢賓四至末（歷）				
F531 商調	啼鶯喚啄木（換頭）		散曲	鶯啼序首至四（囀）	啄木兒五至末（到）						
F532 商調	鶯集園林二月花		麗烏媒	鶯啼序首至四（涯）	集賢賓三至合（功）（馬）	滿園春四至合（淮）（花）	園林好三至四（抵）（譁）	二郎神換頭首至五（知）（他）	月上海棠四至末（伴）		
F533 商調	鶯花皂		海潮音	黃鶯兒首至三（患）	水紅花五至合（啓）（慳）	皂羅袍七至末（明）					
F534 商調	公子集賢賓		散曲	黃鶯兒首至合（漏）	集賢賓合至末（心）						

F535商調	四犯黃鶯兒	此曲爲四犯黃鶯兒者，因四季花犯黃鶯兒取名	廣寒香	黃鶯兒首至合（坐）	四季花合至八（莫）						
F536商調	鶯啄羅		雙金榜	黃鶯兒首至三（里）	啄木兒三至合（想）（屐）	皀羅袍合至末（安）					
F537商調	雙文弄	此曲舊譜皆爲雙文弄，不知取何意也，姑存其舊以備一體	鴛鴦棒	黃鶯兒首至三（叩）	鶯啼序三至合（柳）（透）	黃鶯兒四至末（香）					
F538商調	黃鶯玉羅袍		春燈謎	黃鶯兒首至三（囀）	玉胞肚三至合（賢）（鞭）	皀羅袍合至末（文）					
F539商調	公子穿皀袍		萬壽圖	黃鶯兒首至合（愛）	皀羅袍合至末（適）						
F540商調	金衣間皀袍		南柯	黃鶯兒首至合（用）	皀羅袍合至末（承）（送）	黃鶯兒合至末（靠）					
F541商調	黃玉鶯兒（換頭）		牡丹亭	黃鶯兒首至二（中）	玉胞肚三至合（有）（重）	黃鶯兒四至末（病）					
F542商調	金衣芙蓉（換頭）		西廂	黃鶯兒首至三（話）	芙蓉花全（文）						
F543商調	鶯入御林		長生殿	黃鶯兒首至合（勝）	簇御林合至末（問）						
F544商調	黃貓兒		萬事足	黃鶯兒首至三（憾）	琥珀貓兒墜四至末（空）						
F545商調	黃貓兒（又一體）		丹晶墜	黃鶯兒首至合（覷）	琥珀貓兒墜合至末（知）						
F546商調	黃鶯叫山羊		散曲	黃鶯兒首至合（念）	山坡羊合至末（眉）						
F547商調	黃鶯帶一封		療妬羹	黃鶯兒首至合（起）	一封書合至末（告）						

F548 商調	鶯袍間鳳花	此曲按過曲則多管丁一確二之一句二板，姑存舊譜以備一體	花眉旦	黃鶯兒首句（資）	皂羅袍二句（喜）（支）	金鳳釵五至八（嗟）（慈）	皂羅袍合至六（彼）（施）	四季花九至末（雙）			
F549 商調	黃鶯學畫眉（換頭）		散曲	黃鶯兒首至合（樣）	畫眉序合至末（恨）						
F550 商調	黃鶯學畫眉（又一體換頭）		邯鄲	黃鶯兒首至三（表）	畫眉序四至末（牙）						
F551 商調	金衣插宮花（換頭）		散曲	黃鶯兒首至七（今）	賞宮花合至末（自）						
F552 商調	山外嬌鶯啼柳枝	此曲舊譜亦有爲番山虎者	牡丹亭	黃鶯兒首至三（見）	亭前柳三至合（手）（穿）	下山虎首至四（夢）（天）	桂枝香十至末（茶）（田）	憶多嬌合至末（今）			
F553 商調	公子御林書花炮		長生殿	黃鶯兒首至三（幸）	簇御林四句（怕）（剩）	一封書合至八（寵）（情）	四時花七至八（若）（瞑）	皂羅袍合至末（平）			
F554 商調	御袍黃		四元	簇御林手至合（手）	皂羅袍合至末（篙）（後）	黃鶯兒合至末（不）					
F555 商調	御林春		散曲	簇御林首至四（賺）	黃鶯兒四至末（花）						
F556 商調	御林春（又一體）		散曲	簇御林首至合（傳）	黃鶯兒合至末（弔）						
F557 商調	御林出隊		散曲	簇御林首至合（院）	出隊子末（此）						
F558 商調	御林啄木		散曲	簇御林首至合（闖）	啄木兒五至末（恨）						
F559 商調	御林賞皂袍		紅梨	簇御林首至六（當）	賞宮花四至末（意）（香）	皂羅袍合至末（沉）					
F560 商調	林間三巧音		散曲	簇御林首至三（恩）	啄木兒三至合（姚）（聘）	畫眉序合（飛）（夢）	黃鶯兒末（此）				
F561 商調	御林花木集賢賓		鴛鴦棒	簇御林首至三（開）	啄木兒三至四（怎）（街）	四時花六句（囉）（齋）	集賢賓三至末（閤）				

F562 商調	清商七犯		節孝	簇御林首至三（聯）	鶯啼序三至四（驀）（亂）	高陽臺序合至八（心）（潛）	琥珀貓兒墜末（居）（顏）	啄木兒三至四（不）（弦）	集賢賓五至合（奴）（汗）	黃鶯兒合（淚）（斑）	鶯啼序末（甘）
F563 商調	囀鶯兒		玉合	囀林鶯首至合（柳）	黃鶯兒合至末（枉）							
F564 商調	林鶯泣榴紅		玉合	囀林鶯首至四（傷）	泣顏回五至合（金）（賞）	石榴花六至七（總）（莽）	水紅花七至末（怪）					
F565 商調	貓兒逐黃鶯		後七國	琥珀貓兒墜首至合（蕭）	黃鶯兒合至末（忍）							
F566 商調	貓兒墜梧枝		西樓	琥珀貓兒墜首至合（么）	梧桐葉六至末（可）（少）	玉嬌枝合至末（未）						
F567 商調	貓兒墜玉枝		春燈謎	琥珀貓兒墜首至合（遠）	玉嬌枝六至末（令）							
F568 商調	貓兒戲芙蓉		風流院	琥珀貓兒墜首至合（妖）	玉芙蓉合至末（紅）							
F569 商調	貓兒戲桐花		水滸	琥珀貓兒墜首至合（離）	梧桐葉六至末（六）							
F570 商調	貓兒趕畫眉		散曲	琥珀貓兒墜首至五（休）	畫眉序合至末（恰）							
F571 商調	貓兒節節高		春燈謎	琥珀貓兒墜首至三（謊）	節節高四至末（擘）							
F572 商調	貓兒拖尾		丹晶墜	琥珀貓兒墜首至五（記）	尾二至末（自）							
F573 商調	貓兒戲獅子		散曲	琥珀貓兒墜首至五（懸）	獅子序末（空）							
F574 商調	貓兒出隊		臥冰	琥珀貓兒墜首至合（泉）	出隊子四至末（不）							

F575 商調	雙貓出隊		夢花酣	琥珀貓兒墜首至三（歧）	出隊子三至合（離）（雞）	琥珀貓兒墜末（玉）						
F576 商調	貓兒撥棹		醉月緣	琥珀貓兒墜首至五（忭）	川撥棹合至末（看）							
F577 商調	山羊轉五更		十孝	山坡羊首至七（在）	五更轉四至末（羞）							
F578 商調	山羊轉五更（又一體）		散曲	山坡羊首至四（訴）	五更轉四至末（慷）							
F579 商調	山羊嵌五更		秣陵春	山坡羊首至四（姆）	五更轉六至末（幸）（付）	山坡羊合至末（長）						
F580 商調	二犯山坡羊		散曲	山坡羊首至酋（燦）	金梧桐首至五（鄰）（飛）	五更轉五至九（浦）（爛）	山坡羊合至末（花）					
F581 商調	十二紅	此曲與仙呂之十二紅不同	萬里圓	山坡羊首至四（上）	五更轉六至末（筋）（漲）	園林好首至二（撼）（響）	江兒水六至末（渺）（浪）	玉嬌枝首至四（浮）（徨）	五供養首至合（端）（喪）	好姐姐首至合（茫）（長）	五供養合至末（又）（航）	
				鮑老催首至三（洪）（荒）	川撥棹首至合（心）（洋）	桃紅菊三至末（牢）（將）	僥僥令全（滔）					
F582 商調	花鶯皂		海潮音	水紅花首至三（赧）	黃鶯兒四至合（回）（晚）	皂羅袍七至末（神）						
F583 商調	水紅梧葉		散曲	水紅花首至合（鳴）	梧葉兒合至末（好）							
F584 商調	梧桐枝		永團圓	梧桐葉首至合（變）	玉嬌枝合至末（誓）							
F585 商調	金井水紅花	此曲諸譜及作家皆爲金井水紅花，然實全無取意，即梧蓼金羅之名，雖爲切，當然行之已久，不必返古，莫若從俗爲便	浣紗	梧桐葉首至三（芽）	水紅花五至末（濕）（囉）	柳搖金合至末（朝）（下）	皂羅袍合至末（寒）					

F586 商調	金井水紅花（前腔）		黨人碑	梧桐葉首至三（東）	水紅花五至末（五）（囉）	柳搖金合至末（立）（棟）	皂羅袍合至末（客）				
F587 商調	夜雨打梧桐	此曲舊譜皆爲夜雨打梧桐，並無取意，姑存其舊	憤鸞交	梧葉兒首至三（宜）	水紅花二至三（狀）（一）	五馬江兒水八至合（榜）（誰）	桂枝香五至末（神）				
F588 商調	梧葉襯紅花		散曲	梧葉兒首至三（醒）	水紅花五至末（睡）						
F589 商調	梧葉入江水		江天雪	梧葉兒首至合（拘）	五馬江兒水合至末（舉）						
F590 商調	梧葉覆羅袍		散曲	梧葉兒首至三（樓）	皂羅袍合至末（竹）						
F591 商調	梧蓼搖金風		黃孝子	梧葉兒首至三（忙）	水紅花七至末（忽）（囉）	柳搖金合至末（相）					
F592 商調	梧蓼搖金坡		勘皮靴	梧葉兒首至三（醒）	水紅花五至末（粉）（囉）	柳搖金合至末（成）（靜）	山坡羊合至末（魂）				
F593 商調	梧蓼水銷香		勘皮靴	梧葉兒首至三（犯）	五馬江兒水八至合（不）（奸）	銷金帳六至七（神）（樊）	桂枝香八至末（星）				
F594 商調	清商十二音	此曲未免穿鑿，姑存其舊以備一體	乞麼	梧葉兒首句（炊）	黃鶯兒二句（枕）（甜）	集賢賓三句（隨）（閃）	琥珀貓兒墜首句（幾）（割）	二郎神四句（從）（黏）	山坡羊七句（倚）（點）	金梧桐四句（待）（驗）	字字錦十二句（擎）（鎌）
				鶯啼序六句（罵）（臉）	囀林鶯合（碎）（奩）	水紅花七句（拚）（帳）	簇御林末（不）				
F595 商調	梧桐滿山坡		西樓	梧桐樹首至四（砌）	山坡羊三至末（淅）						
F596 商調	梧桐花結子		金印	梧桐樹首至六（穿）	水紅花七至合（想）						
F597 商調	梧桐墜五更		狀元旗	梧桐樹首至六（嚶）	五更轉合至末（明）						

F598 商調	梧桐墜五更（前腔）		一捧雪	梧桐樹首至六（浮）	五更轉合至末（橫）						
F599 商調	梧桐秋月上寒窗		散曲	梧桐樹首至五（債）	秋夜月四至五（無）（擺）	瑣窗寒合至末（小）					
F600 商調	六宮春		散曲	梧桐樹首至六（該）	東甌令四至末（三）（乖）	浣溪沙首至合（爲）（諧）	劉潑帽三至末（氤）（泰）	大迓鼓首至合（歡）（齋）	香柳娘合至末（喜）		
F601 商調	金絡索	此曲又名金鎖掛梧桐，即金絡索之名，亦無甚妥，當姑從其舊	琵琶	金梧桐首至五（官）	東甌令二至四（改）（夕）	針線箱六句（要）（與）	解三酲合（相）（累）	懶畫眉三句（孩）（儒）	寄生子合至末（空）		
F602 商調	金絡索（前腔）		浣紗	金梧桐首至五（身）	東甌令二至四（在）（訂）	針線箱六句（何）（情）	解三酲合（眞）（命）	懶畫眉三句（天）（經）	寄生子合至末（那）		
F603 商調	梧坡羊	此曲坊本爲攪群羊，甚無取意	白兔	金梧桐首至六（鬢）	山坡羊十一至末（如）						
F604 商調	金甌解酲		虎囊彈	金梧桐首至三（乖）	東甌令二至四（愧）（待）	解三酲六至末（有）					
F605 商調	金梧落五更		西樓	金梧桐首至五（裡）	五更轉四至末（南）						
F606 商調	金梧落粧臺		散曲	金梧桐首至合（向）	傍粧臺末（拈）						
F607 商調	金梧繫山羊		忠良鑒	金梧桐首至合（徑）	山坡羊合至末（忠）						
F608 商調	梧桐秋水桂枝香		散曲	金梧桐首至四（葬）	秋夜月首至合（內）（抗）	五馬江兒水四至五（匹）（疆）	桂枝香五至末（割）				
F609 商調	七賢過關	此曲與南呂之七賢過關不同	巧團圓	金梧桐首至四（脫）	黃鶯兒四至五（狂）（河）	五更轉合至末（青）（躲）	懶畫眉三至合（容）（過）	針線箱五至合（常）（婆）	皂羅袍合至六（此）（麼）	桂枝香十至末（欲）	
F610 商調	七賢過關（又一體）		殺狗	金梧桐首至五（你）	東甌令二至四（自）（鬼）	解三酲六至七（又）（外）	懶畫眉三句（臨）（張）	醉扶歸末（打）			

F611 商調	八寶粧	此曲舊譜以首句至四句爲上馬踢，然上馬踢首句並無此句法，乃第三句也，豈有曲之首句用第三句起者，今以金梧桐首之四易之，庶詞意貫通，與文理稍合也	散曲	金梧桐首至四（亂）	四塊金七至合（萬）（遣）	馬鞍兒三至四（欄）（見）	琥珀貓兒墜四句（鬢）（殘）	女冠子五至七（恨）（遍）	金鳳釵十句（玉）（纖）	綠襴衫二句（天）（穿）	駿甲馬四至末（寸）
F612 商調	紅葉襯紅花		金明池	紅葉兒首至五（凝）	水紅花二至末（赤）						
F613 商調	步金蓮		牡丹亭	步難行首至合（肝）	金蓮子三至末（多）						
F614 羽調	花叢道和		牧羊	四時花首至六（由）	道和三至四（姑）（休）	勝如花合至八（織）（流）	四季花十一至末（千）				
F615 羽調	花覆紅娘子	此曲所犯之紅娘子即朱奴兒	雌雄旦	四季花首至四（香）	紅娘子合至末（香）						
F616 羽調	四季盆花燈		散曲	四季花首至五（纔）	瓦盆兒四至六（恰）（快）	石榴花五至合（何）（海）	剔銀燈合至末（蕭）				
F617 羽調	金釵十二行		散曲	金鳳釵首至二（悚）	勝如花三至四（沐）（寵）	醉扶歸三至合（太）（風）	望吾鄉合（斟）（觥）	道和合至末（粧）（紅）	傍粧臺三至四（眼）（容）	解三醒合（華）（融）	一封書五至合（押）（叢）
				掉角兒序合至九（肘）（隆）	皂羅袍七至末（冠）（鳳）	排歌八至末（文）					
F618 羽調	鳳釵花絡索		長生殿	金鳳釵首至二（味）	勝如花三至四（鎖）（水）	醉扶歸三至合（千）（胃）	梧葉兒首至三（口）（期）	商調水紅花五至八（悄）（輝）	浣溪沙四至合（輕）（漪）	望吾鄉合（明）（肌）	大勝樂五至合（一）（臍）
				傍粧臺三至四（愛）（微）	解三醒合（凝）（睇）	針線箱末（恁）（癡）	一封書五至合（倘）（持）	皂羅袍合至八（春）（圍）	黃鶯兒六至七（無）（怡）	月兒高五至合（靈）（醉）	排歌合至七（波）（池）
				桂枝香十至末（襄）							

F619 羽調	慶豐歌		節孝	慶時豐全（扇）	排歌合至末（行）							
F620 羽調	慶豐鄉		拜月亭	慶時豐全（魄）	望吾鄉合至末（家）							
F621 羽調	馬鞍歌		節孝	馬鞍兒全（跣）	排歌合至末（陽）							
F622 羽調	馬鞍帶皀羅		散曲	馬鞍兒首至四（問）	皀羅袍合至末（西）							
F623 羽調	道和排歌		拜月亭	道和全（應）	排歌合至末（不）							
F624 羽調	道和排歌（前腔）		翫江樓	道和全（微）	排歌合至末（休）							
F625 羽調	二犯排歌		拜月亭	排歌首句（元）	山神子首至合（兩）（言）	園林杵歌合至末（我）						
F626 越調	桃花山		散曲	小桃紅首至合（也）	下山虎五至末（似）							
F627 越調	桃花山（又一體）		教子	小桃紅首至八（管）	下山虎合至末（一）							
F628 越調	山桃紅		琵琶	下山虎首至四（朝）	小桃紅六至合（爲）（也）	下山虎八至末（又）						
F629 越調	山桃紅（又一體）		牡丹亭	下山虎首至五（邊）	小桃紅五至合（扣）（也）	下山虎八至末（忍）						
F630 越調	山下么桃		認氈笠	下山虎首至四（占）	小桃紅三至末（苦）							
F631 越調	山虎帶蠻牌		散曲	下山虎首至合（蕊）	蠻牌令合至末（蝶）							
F632 越調	山虎嵌蠻牌		十孝	下山虎首至六（靶）	蠻牌令三至合（娘）（涯）	下山虎合至末（聽）						
F633 越調	下山多麻楷		散曲	下山虎首至四（海）	山麻楷五至末（懊）（害）	憶多嬌合至末（甚）						

F634 越調	下山多 麻楷 （前腔）		牡丹亭	下山虎 首至四 （眷）	山麻楷 五至末 （我） （現）	憶多嬌 合至末 （這）					
F635 越調	下山遇 多嬌		鸞鎞	下山虎 首至合 （天）	憶多嬌 合至末 （再）						
F636 越調	山桃竹 柳四多 嬌		散曲	下山虎 首至四 （臺）	番竹馬 四句 （又） （來）	小桃紅 八至末 （不） （埋）	四般宜 合至八 （空） （嗟）	亭前柳 三至合 （想） （諧）	憶多嬌 合至末 （短）		
F637 越調	山桃竹 柳四多 嬌（前 腔）		牡丹亭	下山虎 首至四 （天）	番竹馬 四句 （不） （前）	小桃紅 八至末 （似） （天）	四般宜 合至八 （鬼） （嫌）	亭前柳 三至合 （不） （連）	憶多嬌 合至末 （今）		
F638 越調	憶虎序		荊釵	下山虎 首至五 （你）	鬪黑麻 三至四 （不） （妻）	憶多嬌 合至末 （告）					
F639 越調	五般韻 美		散曲	五般宜 首至四 （濺）	五韻美 五至末 （草）						
F640 越調	蠻山憶		牡丹亭	蠻牌令 首至合 （錢）	下山虎 合至末 （同） （船）	憶多嬌 合至末 （今）					
F641 越調	蠻牌帶 寶蟾		萬全	蠻牌令 首至合 （鑣）	鬪寶蟾 合至末 （前）						
F642 越調	送江神		散曲	江頭送 別首至 二（淺）	江神子 四至末 （六）						
F643 越調	別繫心		散曲	江頭送 別全 （宮）	繫人心 合至末 （全）						
F644 越調	江頭帶 蠻牌		拜月亭	江頭送 別全 （元）	蠻牌令 合至末 （休）						
F645 越調	憶鶯兒		繡襦	憶多嬌 首至合 （低）	黃鶯兒 四至末 （穿）						
F646 越調	憶鶯兒 （前腔）		躍鯉	憶多嬌 首至合 （麗）	黃鶯兒 四至末 （柳）						
F647 越調	憶梨花		躍鯉	憶多嬌 首至合 （罪）	梨花兒 三至末 （致）						
F648 越調	英臺惜 奴嬌		桃花	祝英臺 首至二 （闖）	惜奴嬌 三至末 （風）						

F649 越調	英臺惜奴嬌（前腔換頭）		桃花	祝英臺首至二（閨）	惜奴嬌三至末（今）						
F650 越調	亭前送別		散曲	亭前柳首至合（沙）	江頭送別三至末（縱）						
F651 越調	亭前送別		翠屛山	亭前柳首至六（影）	江頭送別末（是）						
F652 越調	帳裏多嬌		散曲	羅帳裏坐首至合（鵜）	憶多嬌合至末（重）						
F653 越調	醉過南樓		散曲	醉娘子首至四（眠）	雁過南樓五至末（空）						
F654 越調	引宮花		殺狗	引軍旗全（悶）	賞宮花合至末（禍）						
F655 越調	南樓蟾影		散曲	雁過南樓首至合（忝）	鬪寶蟾合至末（歸）						

譯　譜

凡　例

1. 因五線譜屬圖像譜，本文將崑曲工尺譜譯爲五線譜，以便比對各曲腔型之變化。
2. 本文譯譜以「上」爲高音譜號下加一線 C 音、「尺」爲高音譜號第一間 D 音、「工」爲高音譜號第一線「E」音，餘下類推。
3. 各譜譯譜來源，如單一曲牌，標於排名右下，多曲比對，標於各曲段起始處。
4. 爲求簡明，各曲板式僅於上板處標注板式，不於小節線作區別。
5. 集曲本調各段，標註於該曲牌起始處。
6. 本文譯譜僅將工尺譜字、板眼直譯爲音符，不記實際演唱之增潤處理。
7. 多曲比對如遇一板三眼帶贈板與一板三眼曲之並列，一板三眼曲每板間隔一小節譯譜，以爲求上下各曲板位之對應。

譜例 1-1 《西廂記・佳期》【十二紅】

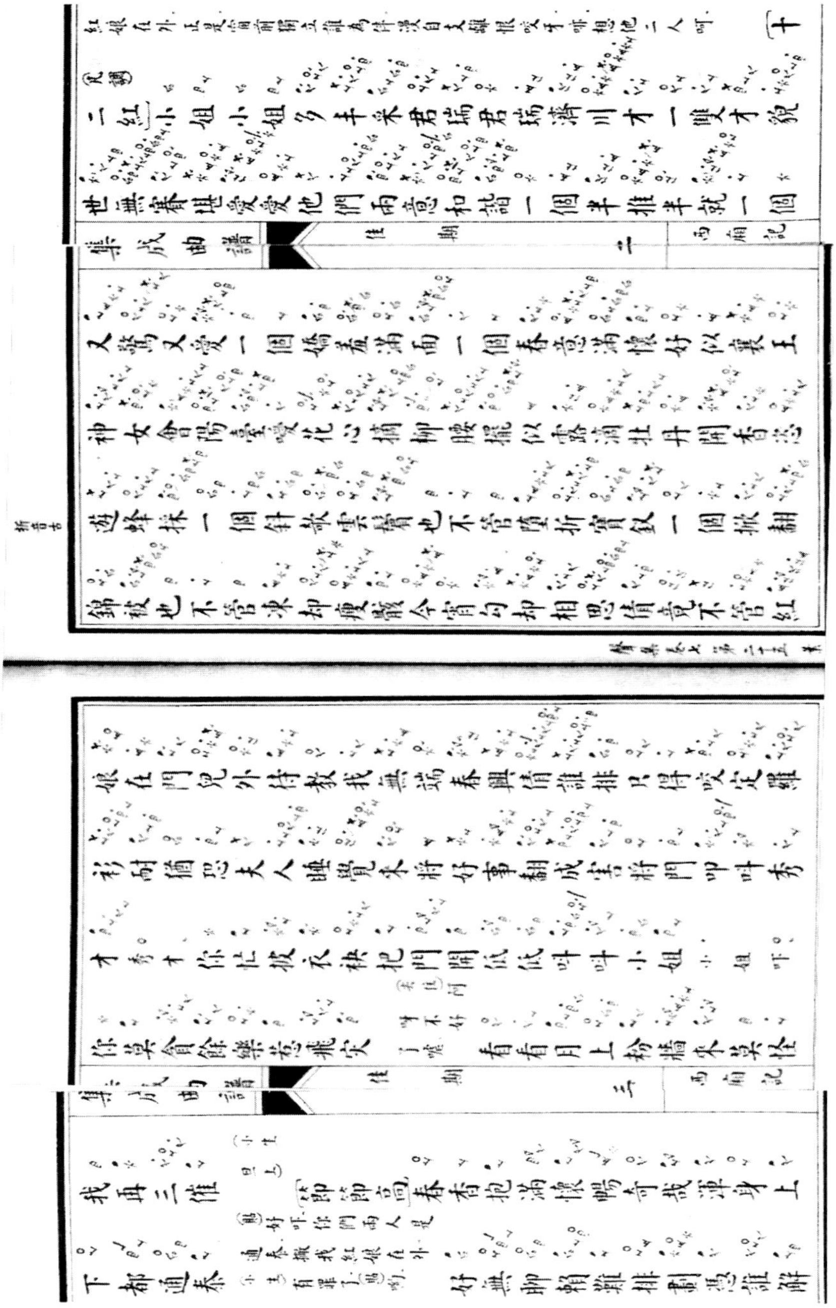

紅娘在外，正是當前獨立誰爲伴，漫自支離恨咬牙。咈，想他二人呵。

（旡調）【十二紅】小姐小姐多丰采，君瑞君瑞濟川才，一雙才貌世無賽，堪愛愛他們兩意和諧，一個半推半就，一個

集成曲譜　佳期　二　西廂記

折音吉

又驚又愛，一個嬌羞滿面，一個春意滿懷，好似襄王神女會陽臺，嗳，花心摘柳腰擺，似露滴牡丹開，香恣遊蜂採，一個斜欹雲鬢也不管墮折寶釵，一個掀翻錦被也不管凍却瘦骸，今宵勾却相思債，竟不管紅

聲集卷七第二十五葉

娘在門兒外待，教我無端春興倩誰排，只得咬定羅衫耐，猶恐夫人睡覺來，將好事翻成害，將門叩，叫秀才，秀才，你忙披衣袂把門開，低低叫，叫小姐，小姐，吓。（末白）阿，呀，不好了，嗻。你莫貪餘樂惹飛災，看看月上粉牆來，莫怪

集成曲譜　佳期　三　西廂記

我再三催。（小生旦上）【節節高】春香抱滿懷，暢奇哉，渾身上下都通泰。（貼）好吓，你們兩人是通泰，撇我紅娘在外。（小生）有罪了。（貼）呦。好無聊賴難排劃，憑誰解

譜例 1-1　《西廂記．佳期》【十二紅】

《集成曲譜》

註：本譜例爲說明【十二紅】中反覆出現之同一腔型，詳細說明見正文頁。

2
《西廂記・佳期》【十二紅】
9.一 個 春 意 滿 懷 10.好 似
襄 王 神 女 會 陽
台 11.花 心
摘 12.柳 腰 擺
13.似 露 滴 牡 丹 開
14.香 恣 遊 蜂 採 15.一 個
斜 欹 雲 鬢 16.也 不 管
墮 折 寶 釵 17.一 個
掀 翻 錦 被 18.也 不 管

《西廂記・佳期》【十二紅】
3
75
凍 卻 瘦 骸 19.今 宵
79
勾 卻 相 思 債 20.竟
84
不 管 紅 娘 在 門 兒
88
外 21.待 教 我 無 端 春 興 倩
93
誰 排 22.只 得 咬 咬 定
97
羅 衫 耐 23.猶 恐 夫 人
101
睡 覺 來 24.將 好 事
105
翻 成 害 25.將 門 扣
109
26.叫 秀 才 27.你 拔 衣 袂

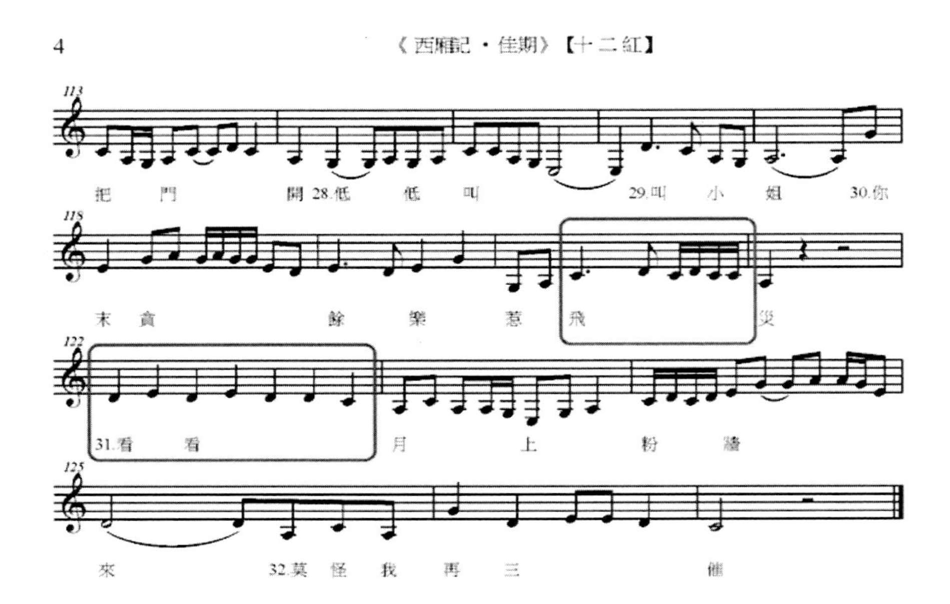
4
《西廂記・佳期》【十二紅】
113
把 門 關 28.低 低 叫 29.叫 小 姐 30.你
118
末 貪 餘 樂 惹 飛 災
122
31.看 看 月 上 粉 牆
125
來 32.莫 怪 我 再 三 催

譜例 4-1　《金雀記・竹林》【六奏清音】

註：本譜例爲說明《南詞定律》之工尺譜與後代曲譜的關係，詳細說明見正文頁。工尺譜見正文頁。

《金雀記・竹林》【六奏清音】
【排歌】合至七
《南詞定律》
《納書楹曲譜》
客 7.行 蹤 類 觸 羊 8.虛
客 7.行 蹤 類 觸 羊 8.虛
名 綱 9.薄 利 場
名 綱 9.薄 利 場
10.雁 飛 不 到 最 堪
10.雁 飛 不 到 最 堪
【八聲甘州】五至合
傷 11.須 知 魏 韓 濟 士 從
傷 11.須 知 魏 韓 智 士 從
松 子 12.絕 勝 似 雲 夢 將 軍
松 子 12.絕 勝 似 雲 夢 將 軍

《金雀記・竹林》【六奏清音】
3
【皂羅袍】七至末
《南詞定律》
《納書楹曲譜》
52
死 未 央 13.兩 疏 機
58
見 14.鴟 夷 泛 航 15.翻
63
身 跳 出 紅 塵
68
【黃鶯兒】合至末
浪 16.問 興 亡 17.封 侯
74
拜 將 18.今 日 在 何 方

譜例 4-2　《琵琶記・賞荷》【燒夜香】

《納書楹曲譜》之【燒夜香】

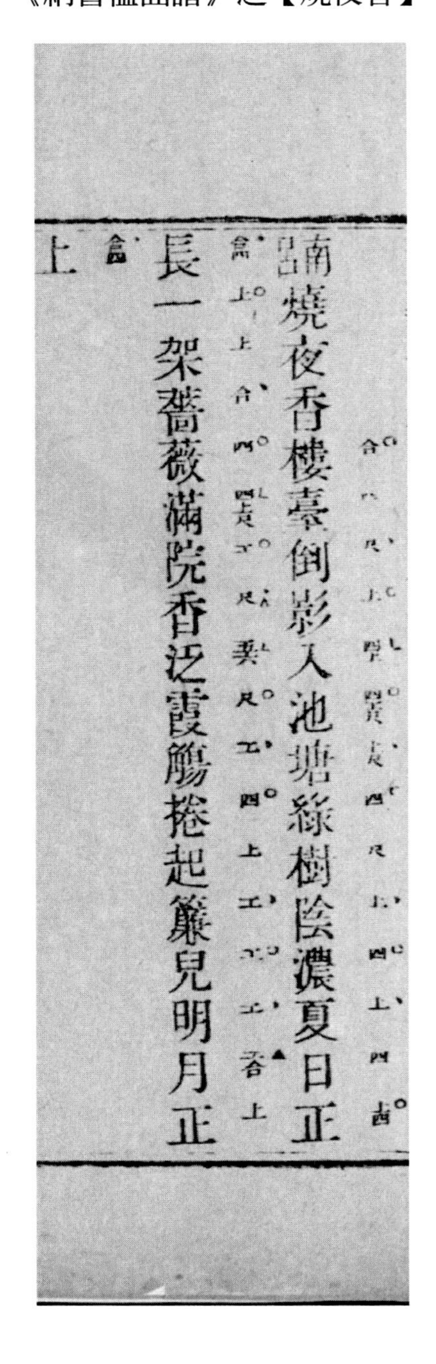

《遏雲閣曲譜》之【燒夜香】

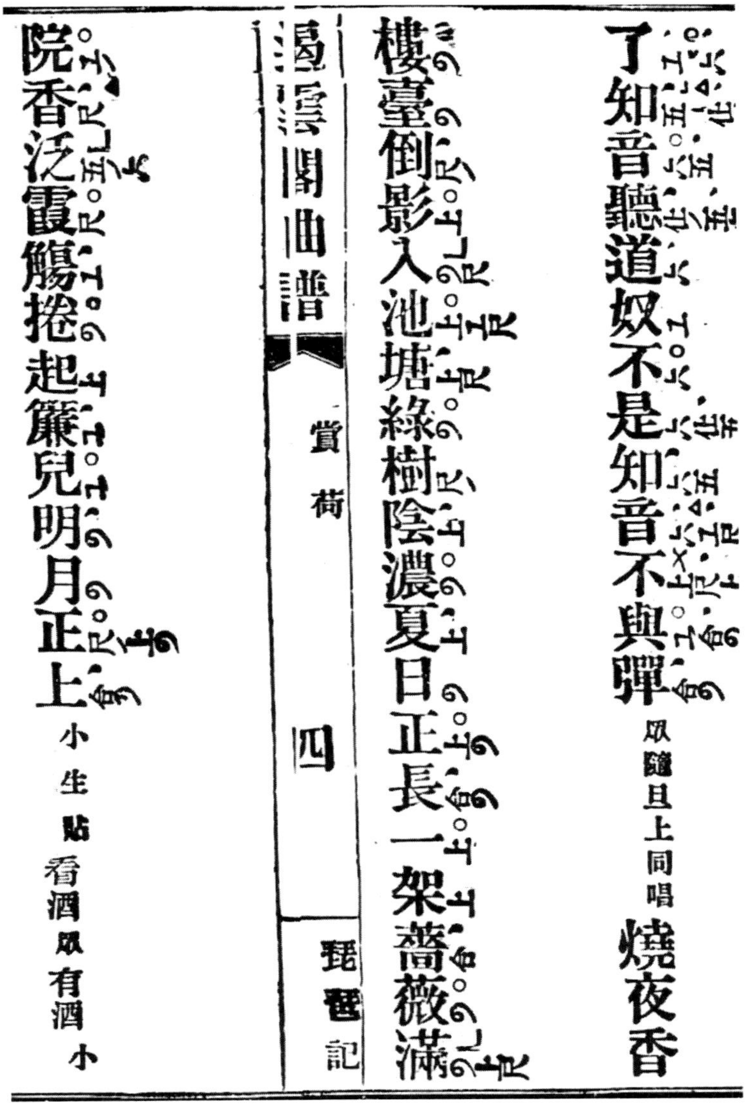

了知音聽道奴不是知音不與彈　丑隨旦上同唱

燒夜香

樓臺倒影入池塘綠樹陰濃夏日正長一架薔薇滿

遏雲閣曲譜　賞荷　四　琵琶記

院香泛霞觴捲起簾兒明月正上　小生貼　看酒　丑　有酒　小

《集成曲譜》之【燒夜香】

除了知音聽道我不是知音不與彈（衆上）【燒夜香】樓

臺倒影入池塘綠樹陰濃夏日正長一架荼蘼滿院（小生）

看酒

香滿院香和你飲霞觴傍晚捲起簾兒明月正上（衆）有

酒（生）

旦唱（轉凡調）

【梁州新郎】新篁池閣（全）槐陰庭院日永紅塵隔斷碧

《與眾曲譜》之【燒夜香】

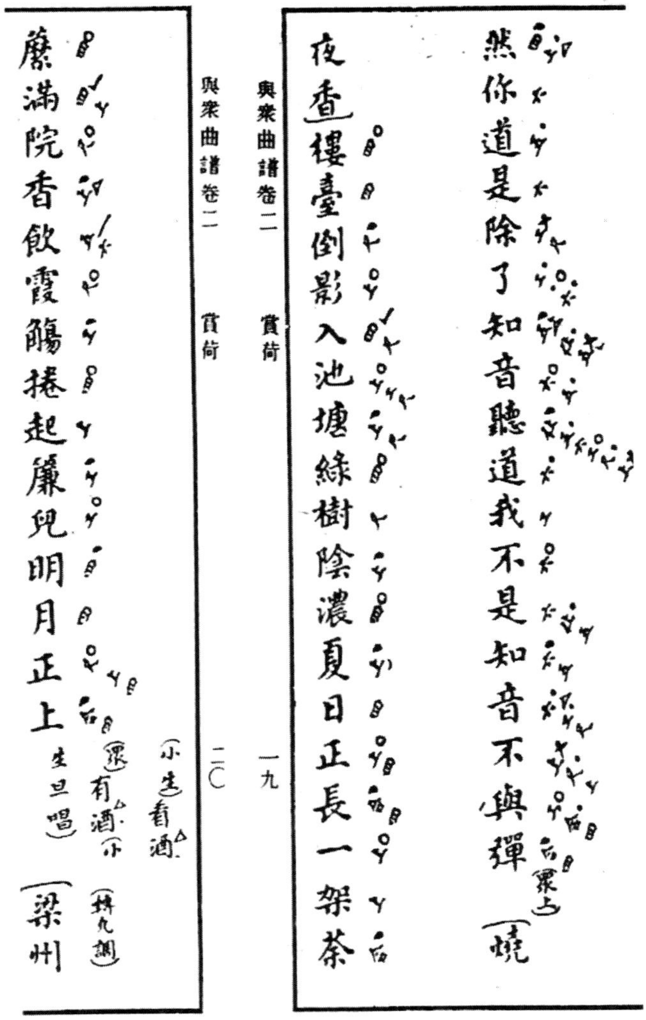

然你道是除了知音聽道我不是知音不與彈（眾上）（燒
夜香樓臺倒影入池塘綠樹陰濃夏日正長一架荼

與衆曲譜卷二　賞荷　一九

與衆曲譜卷二　賞荷　二〇

（小生）看酒△
（衆）有酒△（小
（轉九調）
醿滿院香飲霞觴捲起簾兒明月正上（生旦唱）
（梁州

《粟廬曲譜》之【燒夜香】

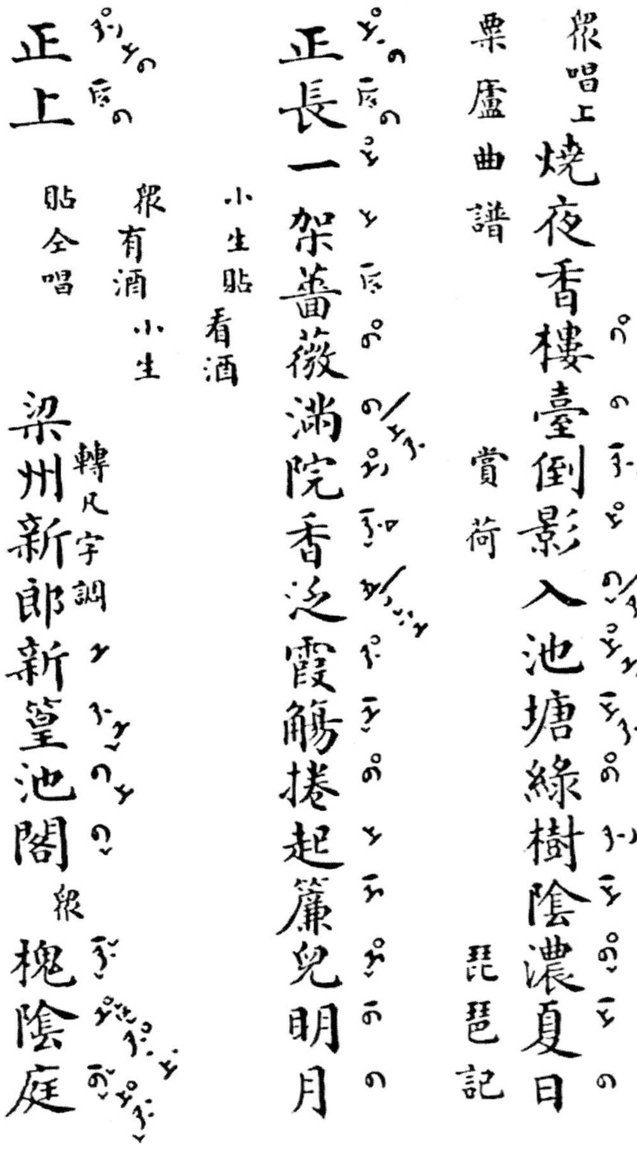

衆唱上 燒夜香樓臺倒影入池塘綠樹陰濃夏日

粟廬曲譜 賞荷 琵琶記

正長一架薔薇消院香泛霞觴捲起簾兒明月

小生貼 看酒

衆 有酒 小生

貼全唱

正上 梁州新郎 轉凡字調 新篁池閣 衆 槐陰庭

譜例 4-2　《琵琶記・賞荷》【燒夜香】

註：本譜例爲說明《南詞定律》之公尺譜與後代曲譜之關係，詳細說明見正文頁。

《琵琶記·賞荷》【燒夜香】
《南詞定律》
長 3.一 架 荼 蘼 滿 院 香 滿 院 香 4.和 你 飲
《納書楹曲譜》
長 3.一 架 薔 薇 滿 院
《遏雲閣曲譜》
長 3.一 架 薔 薇 滿 院 香
《集成曲譜》
長 3.一 架 荼 蘼 滿 院 香 滿 院 香 4.和 你 飲
《與眾曲譜》
長 3.一 架 荼 蘼 滿 院 香
《粟廬曲譜》
長 3.一 架 薔 薇 滿 院 香

《琵琶記・賞荷》【燒夜香】
3
13
霞 鵝 5.傍晚捲 起 簾 兒 明 月 正 上
4.泛 霞 鵝 5.捲 起 簾 兒 明 月 正 上
4.泛 霞 鵝 5.捲 起 簾 兒 明 月 正 上
霞 鵝 5.傍晚捲 起 簾 兒 明 月 正 上
4.飲 霞 鵝 5.捲 起 簾 兒 明 月 正 上
4.泛 霞 鵝 5.捲 起 簾 兒 明 月 正 上

譜例 4-3　《荊釵記・發書》【榴花泣】第二首

《納書楹曲譜》《荊釵記・發書》之【榴花泣】第二首

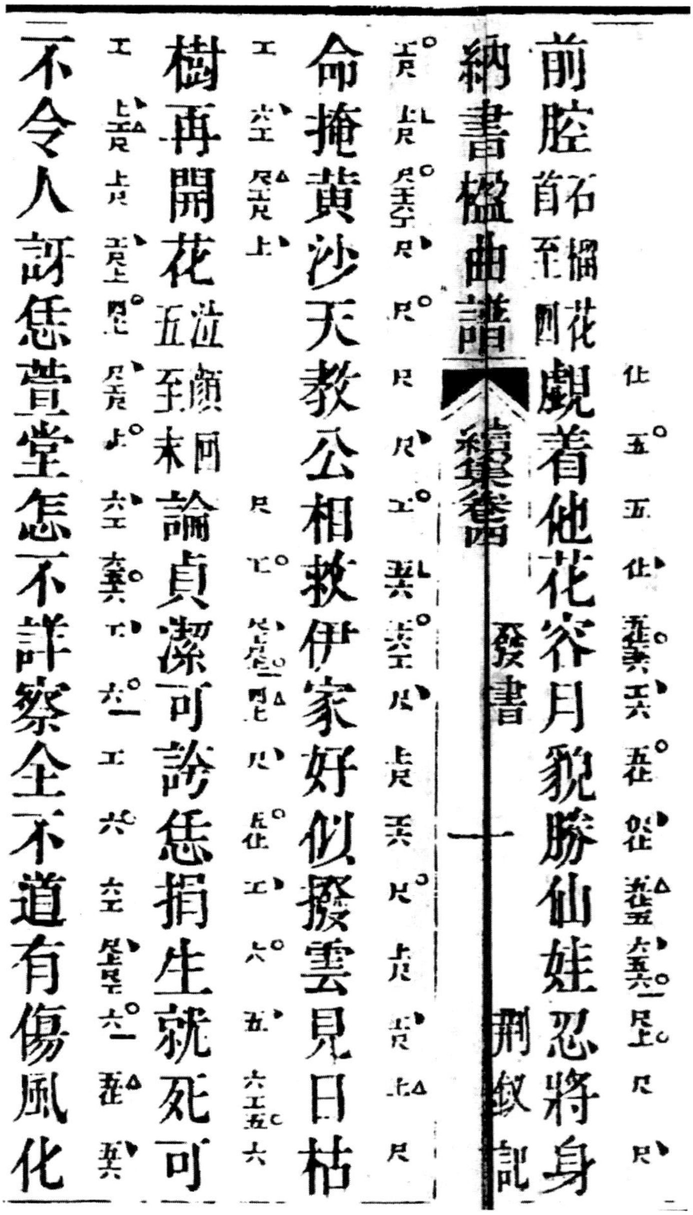

前腔 首至四石榴花 覷着他花容月貌勝仙娃忍將身

納書楹曲譜 續集卷一 發書 荊釵記

命掩黃沙天教公相救伊家好似撥雲見日枯

樹再開花 五至末泣顏回 論貞潔可誇恁捐生就死可

不令人訝恁萱堂怎不詳察全不道有傷風化

《集成曲譜》《荊釵記・發書》之【榴花泣】第二首

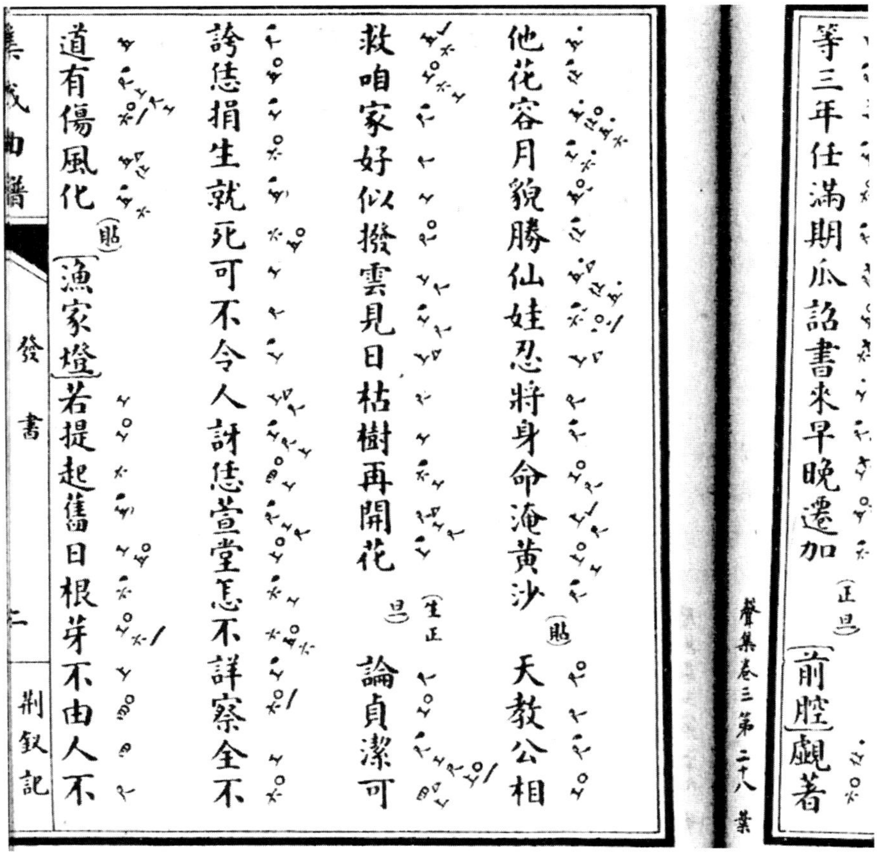

等三年任滿期瓜詔書來早晚還加（正旦）〔前腔〕覷著

聲集卷三第二十八葉

他花容月貌勝仙娃忍將身命淹黃沙（貼）天教公相

救咱家好似撥雲見日枯樹再開花（生正旦）論貞潔可

誇伕捐生就死可不令人訝伕萱堂怎不詳察全不

道有傷風化（貼）〔漁家燈〕若提起舊日根芽不由人不

集成曲譜　發書　二　荊釵記

譜例4-3《荊釵記・發書》【榴花泣】第二首

註：本譜例爲說明《南詞定律》之工尺譜與後代曲譜的關係，詳細說明見正文頁。

《荊釵記・發書》【榴花泣】第一首
潔 可 誇 6.恁 捐 生 就 死
潔 可 誇 6.恁 捐 生 就 死 可不
潔 可 誇 6.恁 捐 生 就 死 可不

令 人 訝 7.你 萱 堂 怎 下 詳 察
令 人 訝 7.恁 萱 堂 怎 下 詳 察
令 人 訝 7.恁 萱 堂 怎 下 詳 察
8.卻 不 道 有 傷 風 化
8.全 不 道 有 傷 風 化
8.全 不 道 有 傷 風 化

譜例 4-4　《牡丹亭・婚走》【榴花泣】第一首

《吟香堂曲譜》《牡丹亭・婚走》之【榴花泣】第一首

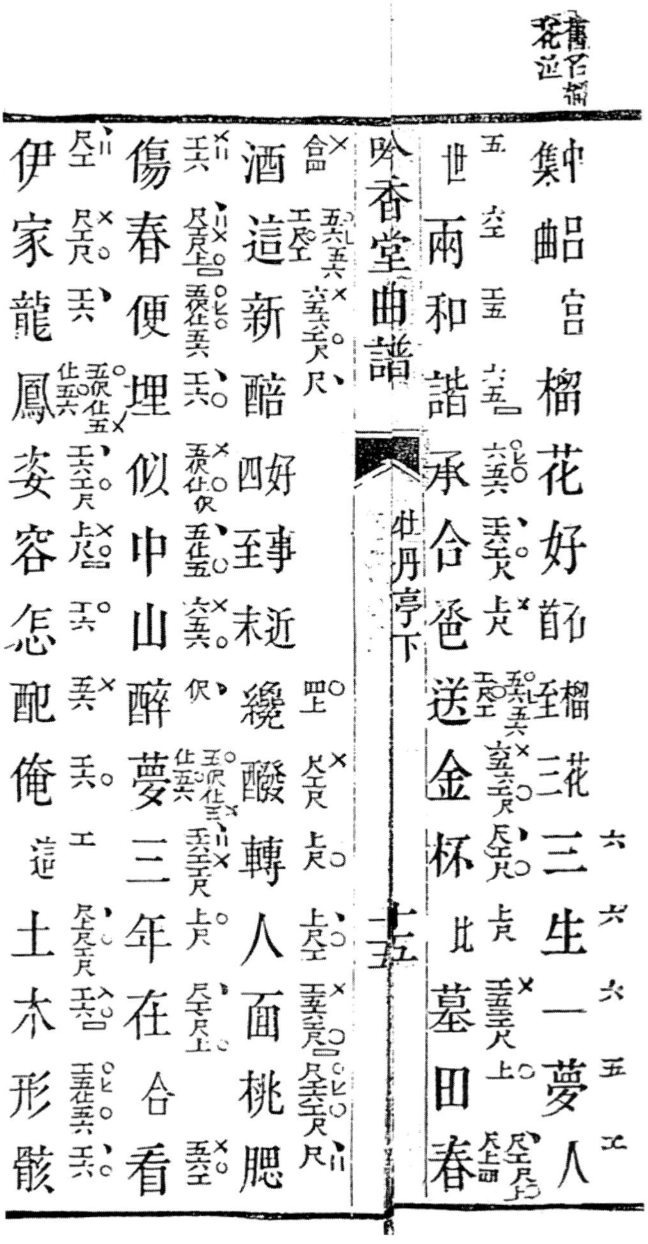

舊名榴花泣

隻曲 中呂宮

榴花好 榴花 三生一夢人

世兩和諧承合卺送金杯比墓田春

吟香堂曲譜 牡丹亭下 十五

酒這新醅好事近纔醱轉人面桃腮

傷春便埋似中山醉夢三年在合看

伊家龍鳳姿容怎配俺這土木形骸

《納書楹曲譜》《牡丹亭・婚走》之【榴花泣】第一首

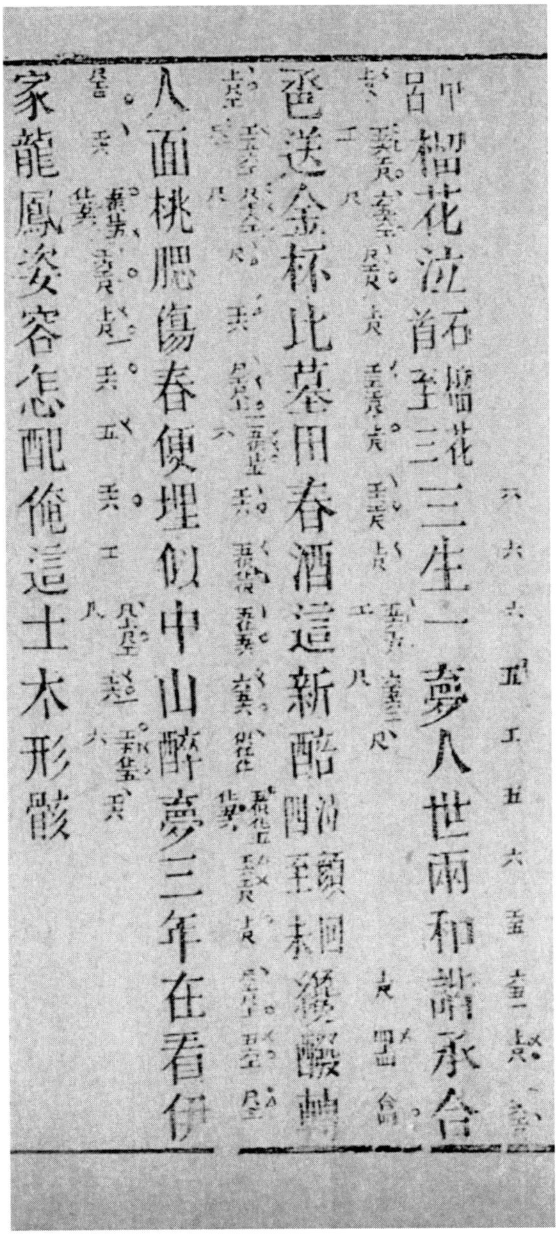

仙呂 榴花泣 首至三（石榴花）三生一夢人世兩和諧承合
巹送金杯比墓田春酒這新醅（泣顏回 問至末）纔醱轉
人面桃腮傷春便埋似中山醉夢三年在看伊
家龍鳳姿容怎配俺這土木形骸

《集成曲譜》《牡丹亭・婚走》之【榴花泣】第一首

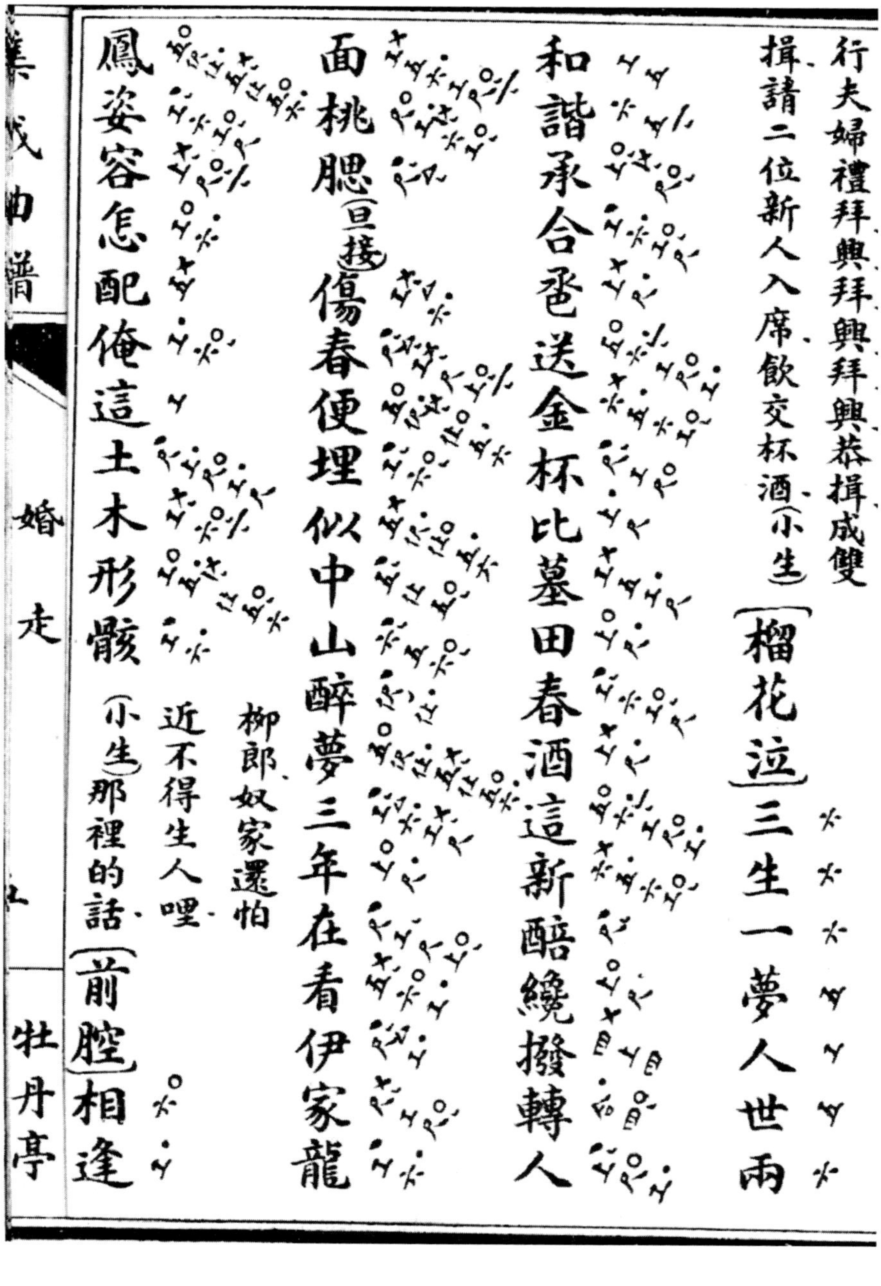

行夫婦禮拜、興拜、興拜、興拜、興恭揖、成雙
揖、請二位新人入席、飲交杯酒（小生）
【榴花泣】三生一夢人世兩
和諧承合卺送金杯比墓田春酒這新醅纔撥轉人
面桃腮（旦接）傷春便埋似中山醉夢三年在看伊家龍
柳郎、奴家還怕
近不得生人哩、
鳳姿容怎配俺這土木形骸（小生）那裡的話、【前腔】相逢

集成曲譜　婚走　牡丹亭

譜例4-4《牡丹亭・婚走》【榴花泣】第一首

註：本譜例爲說明《南詞定律》之公尺譜與後代曲譜的關係，詳細說明見正文頁。

《牡丹亭・婚走》【榴花泣】第一首
28
《南詞定律》
杯 3.比 墓 田 春 酒 這
《吟香堂牡丹亭》
杯 3.比 墓 田 春 酒 這
《納書楹牡丹亭》
杯 3.比 墓 田 春 酒 這
《集成曲譜》
杯 3.比 墓 田 春 酒 這

12
《南詞定律》
新 培 4.繾 撥 轉 人
《吟香堂牡丹亭》
新 培 4.繾 撥 轉 人
《納書楹牡丹亭》
新 培 4.繾 撥 轉 人
《集成曲譜》
新 倍 4.繾 撥 轉 人

《牡丹亭・婚走》【榴花泣】第一首
3
17
《南詞定律》
面 桃 腮 5.傷 春
《吟香堂牡丹亭》
面 桃 腮 5.傷 春
《納書楹牡丹亭》
面 桃 腮 5.傷 春
《集成曲譜》
面 桃 腮 5.傷 春

23
《南詞定律》
便 埋 6.似
《吟香堂牡丹亭》
便 埋 6.似
《納書楹牡丹亭》
便 埋 6.似
《集成曲譜》
便 埋 6.似

4
《牡丹亭・婚走》【榴花泣】第一 首
28
《南詞定律》
中 山 醉 夢 三
《吟香堂牡丹亭》
中 山 醉 夢 三
《納書楹牡丹亭》
中 山 醉 夢 三
《集成曲譜》
中 山 醉 夢 三

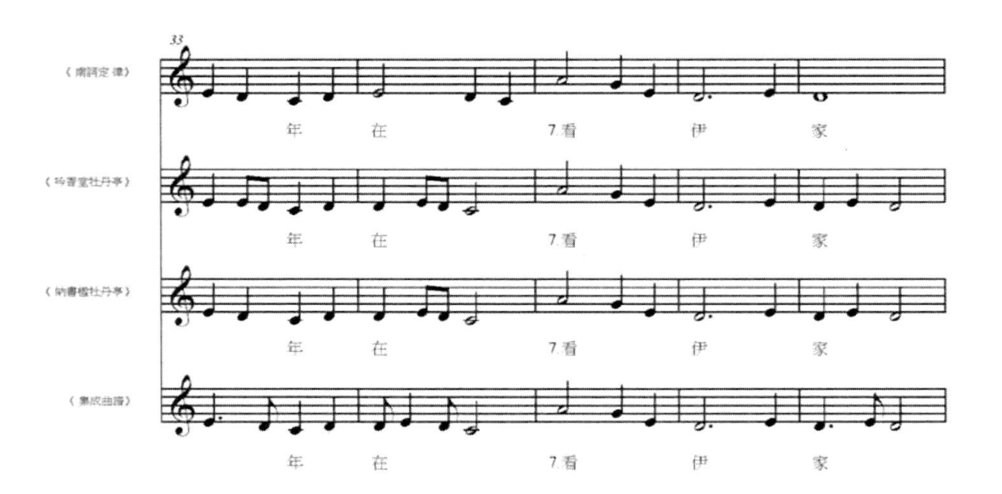
33
《南詞定律》
年 在 7.看 伊 家
《吟香堂牡丹亭》
年 在 7.看 伊 家
《納書楹牡丹亭》
年 在 7.看 伊 家
《集成曲譜》
年 在 7.看 伊 家

《牡丹亭・婚走》【榴花泣】第一首
5
38
《南詞定律》
龍 鳳 姿 容 8.怎
《吟香堂牡丹亭》
龍 鳳 姿 容 8.怎
《納書楹牡丹亭》
龍 鳳 姿 容 8.怎
《集成曲譜》
龍 鳳 姿 容 8.怎
43
《南詞定律》
配 俺 這 土 木 形 骸
《吟香堂牡丹亭》
配 俺 這 土 木 形 骸
《納書楹牡丹亭》
配 俺 這 土 木 形 骸
《集成曲譜》
配 俺 這 土 木 形 骸